Fabien PAVY

FRUIT ETRANGE

EDITIONS SAINT MARTIN

Pour vous procurer nos ouvrages ou découvrir nos nombreux titres, rapprochez-vous des :

Editions Saint Martin
32, place de la Liberté
59100 Roubaix
France
www.aventure-litteraire.fr

« *En vain, on grattait à la porte de demain, et le présent hurlait...* »

Henri Michaux

« *Je ne sais pas où je vais, non ça je ne l'ai jamais bien su, mais si jamais je le savais, je crois bien que je n'irai plus...* »

La rue Kétanou

« *Le temps presse. Oui. Le temps presse. C'est étrange, parce que rien n'a jamais été urgent avant. Pas une fois dont je me souvienne. Pas une seule fois pendant mes vingt-huit années de vie. Vingt-huit années – c'est en gros dix mille tours de piste d'un cadran d'horloge... Jésus ! Quand je pense que je suis resté assis sur mon crétin de cul et que j'ai écouté ces dix-huit millions de tics et ces dix-huit millions de tacs distillés par le cadran abruti de l'horloge sans que rien me concerne, avec ce temps seulement comme un poids de merde, et que maintenant, à l'heure de mon trépas, quand il me faudrait un peu de répit, qu'est-ce qui arrive ? C'est « Bouge de là, tête d'œuf ! Dégage, crétin ! ». C'est « Magnons-nous le putain de train ! »*

Nick Cave - Et l'âne vit l'ange

Un T4 à l'étroit

En ce samedi de début septembre, la matinée aurait pu se dérouler comme à l'accoutumée, tête dans le cul, cigarette et café pour assainir mes idées, je porte bien le noir à ce qu'il paraît. Cigarette et café, le divorce ne se verra jamais proclamé, ils sont bel et bien faits l'un pour l'autre, mes deux compagnons adorés. Cigarette qui part en fumée et café noir, ça résume assez bien ma situation on dirait. Sensation des pieds nus sur notre balcon du septième étage, un petit plaisir que personne ne pourra m'enlever, perché sur le mirador de ma chère cité, je ne suis pas encore prêt à sauter. Je projette mon regard jusqu'à l'horizon, j'aimerais m'envoler, cigarette et café noir j'oublierais, liberté du corps et esprit sain j'adopterais. Je veux survoler les corons, ces habitations qui portent encore la souffrance passée des classes laborieuses de notre ancien pays minier. Ces maisonnettes en perdition que le gouvernement a bien pris soin de mettre de côté. Je crois bien que le Nord n'existe plus pour les membres de l'Assemblée, ça fait bien longtemps qu'ils ont oublié où c'était. Fourmi dans l'univers, anonymat le plus complet, je contemple les nuages, j'aimerais qu'ils me regardent aussi de temps en temps. Mais vu du ciel, mon immeuble n'apparaît pas plus grand qu'un brin d'herbe, quant à moi, je suis un atome. La matinée aurait pu se dérouler comme à l'accoutumée, seulement, un petit événement est venu s'y glisser.

Je m'appelle Walid, j'ai vingt ans et je fume des pétards dans ma chambre en écoutant mes vinyles d'Ella Fitzgerald, de blues et de jazz… Voilà c'est tout ; résumé succinct et pourtant représentatif de mon humble existence. Je suis issu d'une famille ouvrière, d'origine tunisienne du côté de mon père et de mère française. Mon père est arrivé en France par bateau à l'âge de dix-neuf ans et a connu ma mère à Valenciennes, dans une usine de fabrication de fil dans laquelle ils travaillaient tous deux ; lui en tant que manutentionnaire, elle comme bobineuse. Elle confectionnait les bobines, il collectait les cartons pour les ranger. Mes sœurs et moi sommes le fruit d'un amour issu de trois années d'allers-retours à pieds entre stocks et production, au cours desquelles mon père usait de trucs et astuces afin de séduire ma mère, de la faire rire en toute discrétion sous l'œil aiguisé et inquisiteur des contremaîtres, impitoyables gardiens des lieux et maîtres du temps, ne faisant preuve d'aucune clémence face à la naissance de ces émois amoureux, surtout entre un Tunisien et une Française, et davantage focalisés sur la perte éventuelle d'une seconde de productivité. Mes grands-parents maternels furent ravis de cette union mixte et célébrèrent un magnifique mariage franco-tunisien... Non, je plaisante. Ils chassèrent ma mère de la maison en la traitant de traînée sans nom ; la tirant par l'colbaque tandis qu'ils la foutaient à la porte. La pointe de ses pieds qui atteignait difficilement le plancher, venait gratter le sol en un raclement plaintif. Et la voilà sur le perron avec le peu d'affaires qui lui appartenaient. Elle ne les revit plus jamais.

J'ai deux sœurs : Samia et Najète, avec qui j'entretiens des relations chaleureuses et cordiales. Elles font la fierté de mes parents et je les comprends. Elles ont toutes les deux réussi dans la vie et c'était le challenge qu'ils s'étaient donnés tous deux sans même se donner le mot. C'est toujours une grande joie pour eux comme pour moi de les accueillir chaque dimanche, ainsi que leurs petits-enfants, mes neveux.

Je ferme la porte du balcon et rentre dans la cuisine pour y prendre un petit-déjeuner, l'envol de l'oiseau n'est pas encore prévu pour ce matin. Je suis toujours perché là-haut au fin fond de mes idées tandis que ma mère lit son journal en buvant son café ; assise face à moi, elle est accoudée à la table de notre cuisine, ses lunettes pendent sur le bout de son nez et elle a l'air concentré sur un article qui semble la passionner. Chaque matin, ma mère prend le temps de lire son journal quotidien, son rituel à elle, où elle crée son unique espace de liberté. C'est son petit plaisir, ça au moins, personne ne pourra lui retirer. Elle le savoure dans les moindres détails, mais ce qu'elle apprécie le plus, ce sont les rubriques des faits divers, offres d'emploi et nécrologie, allez donc savoir pourquoi.

Ma mère se lève chaque jour à l'aube et fait la grasse matinée le dimanche matin… jusqu'à sept heures. Elle *« attaque son repassage »* comme elle dit si bien, nos habits sentent bon et sont délicatement pliés dans des placards qui contiennent des sachets de lavande et des boules antimites, elle pense à tout, une vraie guerrière du bien-être. Elle sort son épée, aère, aspire, décape, récure, un vrai moine Shaolin de la toile d'araignée. Chaque jour, elle fait sa toilette à la même heure. Chaque jour et à sa manière, elle nous apporte une dose de bonheur. Elle s'inquiète lorsque mon père ou moi toussons de trop, et nous apporte notre sirop. Une maîtresse de maison hors-catégorie, gardienne de notre temple.

Ma mère est une femme simple, un esprit simple dans un corps simple. Elle appréhende la vie avec ténacité, elle est bien dans sa tête, généreuse avec autrui, elle ne juge personne, pas même les gros ni même les moches. Sa vie, son œuvre, un quotidien aussi finement réglé que du papier à musique, davantage soucieuse du bien-être de sa famille plutôt que de son propre bien-être, les deux étant étroitement liés. Tout le contraire de moi, égoïste ; elle m'apporte l'équilibre que je ne trouve pas, moi, esprit torturé, comme un brouhaha de trompettes qui joueraient ensemble sans s'écouter.

C'est une grande dame, sculpteuse de santons attentionnée qui veillerait sur sa crèche avec bienveillance ; ses yeux noirs et dessinés en amande brillent quand elle rit tout comme quand elle est triste. Elle ne se plaint jamais des coups assénés par son arthrite, son rhumatisme prématurés, plisse légèrement les sourcils en silence tandis qu'elle tourne son attention vers autre chose, le sourire vite retrouvé, fataliste mais non pour autant rancunière face à ses douleurs chroniques qui ne l'empêchent pas de vivre, de se battre.

Ma mère adore cuisiner. Bricks, tajines arrangés aux nombreuses saveurs, aubergines mijotées sous un œil attentif, elle est devenue une fine spécialiste de la cuisine tunisienne qu'elle a appris à maîtriser après toutes ces années. Elle n'improvise jamais, effectue des recettes qu'elle suit à la lettre, transmises oralement et écrites dans sa tête. Et c'est toujours un festival de parfums capiteux, réconfortants, qui émanent de la cuisine et qu'on pourrait presque humer jusqu'au rez-de-chaussée de notre immeuble. Les parois de nos appartements sont fines, tout aussi résistantes que des plaques de polystyrène, l'isolation plus que médiocre, et les odeurs de bouffe ont tendance à se répandre, se mélanger aux heures des repas, créant une sorte de capharnaüm culinaire. Pour certaines d'entre elles, il est préférable de retenir sa respiration, et fermer les yeux en évitant d'imaginer le menu prévu à la carte.

Grande alchimiste des épices, ma mère goûte, réfléchit, ajoute, goûte, réfléchit encore, ajoute, goûte, tandis qu'elle ne cesse de pester, les bras implorant le ciel ; tout ça parce qu'à cause de ses bourrelets, elle ne trouve plus rien à s'mettre, qu'elle répète sans cesse. C'est une femme qui sort peu, excepté pour se rendre au marché ou discuter un moment avec les mères de famille du quartier réunies autour des enfants qui jouent sur l'aire de jeux municipale après l'école, sain îlot subsistant encore sur la place centrale de notre cité. Les menus business, trafics en tout genre et petits vices ne sont pas encore de sortie à cette heure-ci, les vampires craignent le jour et ne sortent que la nuit.

Mon père travaille ce samedi-ci et nous sommes seuls dans l'appartement. J'apprécie énormément la compagnie de ma mère, elle n'est jamais angoissée, toujours d'humeur égale et constante. C'est une femme calme, positive, qui ne se pose jamais de questions et qui fonce, relevant chaque jour les défis qu'elle s'est imposés au quotidien : prendre soin de sa famille et tenir notre appartement de manière impeccable. Chez nous, c'est tellement propre, désinfecté, que je ne serai en rien choqué de manger au sol ou encore à même la cuvette des toilettes. Aucun microbe ne pourrait subsister dans un tel univers. Souvent, je lui donne un coup de main, mais elle n'est jamais autant satisfaite que lorsque c'est elle qui prend les choses en mains et nous avons tous deux en tête une perception différente du mot impeccable. Je la trouve parfois maniaque, et il ne pourrait jamais se passer une journée de l'année sans qu'elle ne passe la serpillière au moins une fois par jour dans tout l'appartement, un coup d'wassingue comme on dit ichi. *« C'est pour donner un coup d'frais... »* Elle a souvent une phrase réconfortante posée sur le bout des lèvres, une pensée optimiste nichée dans un coin de la tête, et j'aime discuter avec elle quand je ne suis pas d'humeur taciturne, voire me confier parfois.

Elle n'a pas eu une enfance facile. Les enfants deviennent vite des adultes au sein du milieu ouvrier, l'étape de l'adolescence est très courte, si adolescence il y a. Ma mère n'a pas eu la possibilité de suivre l'école très longtemps. Issue d'une famille de quatre enfants dont elle était l'aînée, elle devait s'occuper de ses frères et sœurs et aider ma grand-mère à faire le ménage chez les riches afin d'arrondir les fins de mois, jusqu'à ce qu'elle se fasse virer de la baraque après avoir annoncé qu'elle était amoureuse d'un Arabe. Vraiment trop triste de foutre des frontières à l'amour. Seulement, ce sont les gens qui souffrent le plus qui se plaignent le moins. Ma mère en est le plus bel exemple.

La matinée aurait pu se dérouler comme à l'accoutumée, mais elle me fait redescendre sur terre en me lisant une annonce parue dans le journal.

- Walid, c'est les vendanges en c'moment dans l'sud de la France j'sais pas trop où là, écoute, ça pourrait pt'être t'intéresser, toi qui as toujours la bougeotte avec tes braderies et qu'tu veux t'lancer dans une activité.

Une de mes occupations favorites et qui me relie encore au monde extérieur est de visiter toutes les braderies et brocantes alentour ; je suis prêt à aller loin, grâce aux trains régionaux qui m'emmènent partout et dans lesquels je fraude allègrement. Sur un total de cinquante-deux semaines par an, je peux sillonner quarante braderies et passer environ deux cent quatre-vingt bacs à vinyles au peigne fin. Je squatte, observe les gens, scrute les vieux cartons remplis de livres. Je ne passe pas à côté d'un bac à vinyles sans en faire une véritable dissection chirurgicale. Une braderie réussie requiert patience et détermination.

La différence entre une foire aux vinyles et une braderie, c'est la connaissance du produit. Dans une foire aux vinyles, tu as affaire à des connaisseurs qui parlent à des connaisseurs qui ne vendront jamais un produit moins d'un euro en dessous de sa valeur réelle. Dans une braderie, tu as affaire à des non-connaisseurs qui en ont assez de stocker ça chez eux et qui attendent de se débarrasser de leurs vieilleries pour faire de la place. Ils n'en connaissent pas souvent la vraie valeur. Et comme je suis tout le temps fourré sur l'argus des vinyles, je commence à savoir détecter les perles rares, dans de nombreux styles musicaux. Je garde, revends, m'amuse ; je sillonne les foires aux vinyles non pas pour acheter mais pour observer les prix. Ainsi, dernièrement dans une braderie :

- C'est combien Madame le double vinyle d'Abba ?

Évidemment, je ne lui précise pas le mot *« collector »* ainsi que l'année *« 1976 »* inscrite en bas à droite en lettres minuscules au dos du vinyle.

- Allez, je vous le laisse à cinq euros Monsieur... me dit-elle avec sympathie.

Je fais tout pour retenir mes larmes, lui donne les cinq euros, lui souris en la saluant chaleureusement. J'ai envie de lui faire une bise mais je commencerai à devenir louche. Il ne faut surtout pas que je me mette à courir ! Je quitte la braderie enjoué, aussi léger qu'une plume tout en sifflotant la mélodie de *« dancing queen »*, met le vinyle en vente sur eBay après l'avoir soigneusement photographié sous tous les angles et en tire cent quatre-vingt euros. Voilà, c'est ainsi que je me fais mon argent de poche, je ne vole pas les gens mais use un peu de leur ignorance afin d'en tirer quelque profit.

Je tente de décrocher de mon nuage en écoutant ma mère d'une oreille.

- Coopérative de Villefranche sur Saône, région du Beaujolais…on sait pas où qu'c'est mais faudrait pt'être voir, ça doit pas être vilain…

Ses yeux noirs et concentrés oscillent entre moi et la page de son journal en un mouvement régulier, le front plissé, comme si elle cherchait à attirer toute mon attention. Quant à moi, je suis assis de l'autre côté de la table, pensif, le nez plongé dans un café trop chaud que je refroidis doucement afin de ne pas me brûler les lèvres.

- Recherche vendangeurs(ses)/du 5 au 25 septembre/SMIC horaire/travail physique/pas sérieux s'abstenir. Contactez famille Filon/viticulteurs gérants coopérative au… Ça t'ferait pt'être du bien de prendre un peu l'air… toi qui parles toujours de voyages et qu't'es toujours plongé dans tes livres… et d'gagner un peu d'argent en même temps… à l'air frais… pas dans une usine… tu pourrais pt' être essayer d'appeler on n'sait jamais tu risques rien !

C'est vrai, j'aurais dû faire des études comme mes deux sœurs mais je ne peux pas, n'y arrive pas. Alors, pendant toute une année scolaire, j'ai fait croire à mes parents que j'allais à la fac, peu fier de moi. Me lever tôt était une obligation et je passais une bonne partie de mes journées à lire des bouquins à la bibliothèque de Valenciennes. À tel point qu'elle en est devenue ma résidence secondaire, mon jardin secret ; un lieu dans lequel je me sentais serein, en toute sécurité.

« Rien ne peut t'atteindre ici, écoute le silence et attrape les mots qui passent. »

Une voix suave me murmurait ces mots à l'oreille. Je venais d'obtenir mon bac et étais complètement insouciant. À défaut d'entreprendre quelque chose de concret, je n'aurai pas assez d'une vie pour parcourir chaque ouvrage que contenait ce lieu clos, voilà ce que je me disais, et c'est devenu comme un but pour moi cette année-là. Ce qui me passionne le plus, ce sont les récits de voyages. Décoller de la péninsule de notre minuscule appartement pour rejoindre le détroit de la médiathèque est l'un des plus longs périples que j'ai entrepris jusqu'à présent, alors je plonge à travers les voyages des autres.

Encore un été qui s'achève, le 21ème, similaire au précédent. Mon programme : je me lève à l'aube (soit jamais avant treize heures) j'appelle un pote pour me procurer du matos (enfin, plutôt un dealer qu'un pote.) Un été à fumer comme un taré, à faire quelques balades à caractère méditatif dans le quartier histoire de me dégourdir les jambes, de cultiver un minimum mon quota de relations sociales pour ne pas devenir fou. J'ai peu de contacts avec les gars du quartier, nous partageons parfois un joint mais ça s'arrête là, je sais qu'ils me qualifient de personnage étrange, de « *chelou* » voire peut-être bien d'un peu autiste… Je m'en tape, ou fais peut-être semblant de m'en taper. Nous nous respectons, nous nous saluons, mais j'entretiens peu d'affinités avec eux. Encore un été à lire comme un demeuré en écoutant mes vinyles, cent soixante-quinze sources d'apaisement soigneusement rangées par ordre alphabétique ; la fenêtre de ma chambre grande ouverte pour laisser pénétrer la chaleur ambiante, cadre sans toile. J'aime tant ça lorsque la chaleur règne sur notre Nord bien trop humide, ça me donne l'impression de me rapprocher de ma Californie imaginaire. J'aime aussi lorsqu'il fait de l'orage, les instants qui le précèdent, où moiteur et pénombre ne font qu'un.

Cet été, je me suis octroyé cent allers simples pour l'Amérique Latine immergé dans les péripéties de Luis Sepulveda et les poèmes de Pablo Neruda. J'ai parcouru les abîmes et profondeurs des cerveaux d'Herman Hesse et de Dostoïevski. J'ai suivi le rythme des destins entrecroisés et des histoires à dormir debout de Paul Auster. Enfin, j'ai vécu une vie de débauche et de luxure, d'ivrognerie poétique et de voyages aux quatre coins des States à travers les aventures de Jack Kerouac. J'entre dans chaque histoire, n'appartiens plus au monde réel. Je me cache aux quatre coins de rues et forêts, mille époques s'entremêlent, fourmillant de personnages dont j'observe faits et gestes. J'entre sur la pointe des pieds dans la chambre des protagonistes, veillant bien à ne pas me faire surprendre, et frôle leurs états d'âme.

Prendre un peu l'air, gagner un peu d'argent, air et argent… deux éléments qui attirent une seconde mon attention et me font redescendre un instant sur terre. Je bois une gorgée de café avant de reposer ma tasse sur la table, réfléchis avant de tourner le regard vers ma mère. Seconde d'enthousiasme qui se fait trop brève, état de mélancolie qui me reprend vite dans ses bras.
  - Ça pourrait être bien ouais… mais j'ai pas d'argent pour prendre le train.
  - Ton père s'rait pas contre qu'on t'en prête une partie… lui qui veut t'voir bosser… tu pourrais demander le reste à tes sœurs… si elles peuvent elles s'raient contentes de l'faire… et tu rendrais l'tout en rentrant avec une part de ta paye.
  Une fois de plus, je cherche une réplique afin de justifier au mieux ma profonde léthargie. Ma mère me tend une perche pour que je revienne à la surface, il faut bien que je lui manifeste ma désapprobation.
  - Je suis pas très bien en c'moment… j'ai pas trop la pêche pour bouger Maman.
  - Et bin' JUSTEMENT ! Ça t'permettrait d'respirer… d'faire des rencontres… t'es constamment fourré dans ta chambre Walid ces derniers temps… c'est quand même pas normal… tu parles avec personne… ça m'fait peur tout ça !
  Les larmes lui montent aux yeux. Décontenancé par la dureté et l'urgence dans sa voix, je me vois alors à travers ses yeux et saisis à quel point je peux être inquiétant pour les autres en cet instant, sa réaction me fait l'effet d'une décharge et j'ai mal au

cœur pour elle ; elle est loin d'être conne ma mère, elle voit bien qu'il y a un truc qui tourne pas rond dans ma tête. Bouche ouverte, j'inhale une grosse bouffée d'air puis souffle. Respirer, faire des rencontres, qu'est-ce qui m'en empêche à vrai dire ? Au lieu de maudire le monde comme ça tout le temps, et végéter.

- J'essaierai d'appeler, conclus-je enfin pour la rassurer, sans conviction.

Je m'éclaircis la voix pour ajouter quelque chose, je cherche un mot rassurant, un mot qui peut bien la tranquilliser, mais rien ne vient alors je me lève enfin pour débarrasser la table. Je veux quitter la cuisine pour rejoindre la salle de bain tandis qu'elle découpe l'annonce avec entrain avant de me la mettre entre les mains.

- Appelle tout d'suite Walid s'il te plait… ! Au moins ce s'ra fait et tu s'ras fixé, persévère-t-elle d'un ton suppliant.

Je ne peux pas refuser, je serais de mauvaise foi si je le faisais. Les mères n'ont pas la moindre connaissance du proverbe suivant : Pourquoi mettre au jour même ce que je peux faire le lendemain ?

Je décroche nonchalamment le combiné trop lourd pour mon maigre biceps et compose le numéro sans manquer de souffler pour manifester mon accablement devant cette pénible tâche qui m'est imposé.

Une sonnerie… D'un œil égaré, je fixe une vieille photo de famille prise en Tunisie et posée dans un cadre argenté à côté du téléphone, sur le petit meuble bas de notre hall d'entrée… Nous étions encore cinq, j'étais accroupi devant et mes deux sœurs me faisaient des oreilles de lapin derrière la tête, se regardant l'une l'autre en coin d'un œil complice et malicieux, classique comme blague à cet âge… Moi j'ai l'air un peu con, un grand sourire niais sur mon visage glabre et une coupe frisée, un début de boule disco, mais j'aime bien cette photo.

Deux sonneries…

De l'autre côté du combiné, une dame à la voix reposée et d'un certain âge me répond avec chaleur et enthousiasme, ce qui provoque en moi un sentiment de réconfort, et les prémices d'un sourire sur mon visage crispé. On dirait qu'elle a un accent chantant.

- Pouvez-vous rappeler ce soir vers vingt heures ? s'enquit-elle en insistant sur le « t » de vingt. Mon mari a les deux pieds dans les vignes en c'moment... y'a du boulot vous savez jeune homme... Y revient dans ces alentours, et je ne voudrais pas vous donner une fausse information, c'est lui qui s'occupe de tout ça... qui connaît les places qui restent et puis tout... Je pense qu'il a encore besoin d'un ou deux gars parce'qu'y a eu des désistements d'dernière minute... pppffffff, souffle-t-elle. Y a des gens qui ne sont pas sérieux... y disent qu'ils veulent travailler puis à la dernière minute y annulent tout... se plaint-t-elle sans la moindre méchanceté transparaissant dans le ton de sa voix. En tout cas j'espère que si y vous prend vous serez bien sérieux et puis tout hein... ??? Mais je ne vous affirme rien, je ne m'occupe pas trop de ses affaires... m'avance-t-elle avec précaution.

Cette vieille dame est très loquace et ne semble pas avoir besoin d'interlocuteur pour faire la conversation, ça me fait sourire. Malgré tout, même si elle écoute peu, elle me traite avec déférence, cela me fait du bien. Mais cette simplicité et cette considération qui émanent de sa voix provoquent en moi des émotions contradictoires : un sentiment d'espoir mêlé à une sensation de peur, accroissent mes angoisses, et me font balbutier. Je ne trouve pas mes mots, et ne sais pas quoi lui répondre. Je bafouille alors des remerciements maladroits et promets de rappeler vers vingt heures avant de raccrocher le combiné d'une main tremblante.

Son accent ainsi que sa bonne humeur réussissent néanmoins à ensoleiller ma journée. Je suis à la fois excité et effrayé. Emplis d'espoir à l'idée de quitter Beuvrages pour quelques temps, mais malgré tout paralysé. Le moindre effort prend une ampleur considérable lorsque la mélancolie vous colle à la jambe telle une méchante sangsue. Cette nouvelle donnée ne manque pas de mettre mes idées sans dessus dessous, doute et confusion m'assaillent. Soudain, je me mets à haleter et ressens le plus vif besoin de prendre un peu d'air frais.

Inconsciente de mon trouble, ma mère reste à mes côtés, impatiente et excitée à l'idée d'en savoir davantage...
- Alors Walid dis-moi tout ??!! Qui c'est qu't'as eu... Qu'est-ce qu'on t'a dit ??!! Allez raconte...
Ma mère vit tout cela avec une grande émotion, une émotion presque démesurée.
- J'vais faire un tour Maman... j'dois rappeler ce soir... j'ai eu la femme du patron... mais elle est pas trop au courant c'est son mari qui gère... y aurait pt'être encore une ou deux places mais rien d'sûr... j'rappellerai ce soir à huit heures.
Je ne sors presque jamais sans avoir pris une douche, mais il faut que je prenne l'air, et vite.

Dans le hall, j'enfile mon blouson avant de poser une main chaleureuse sur l'épaule de ma mère, la serrant avec douceur, dans une tentative de lui manifester par ce geste toute ma gratitude pour sa présence, son soutien ; à défaut de savoir parler il m'est plus facile d'agir. Elle me sourit et je constate que mon geste lui fait l'effet d'un baume. Je remarque que de jolies pattes d'oie commencent à se dessiner au coin de ses yeux noirs tels de minuscules sillons formés au cœur d'une neige de printemps, accentuant davantage la bonhomie de son visage. Elle me prend la main et la caresse avec vigueur, ma mère désire tant que je sorte la tête de l'eau. Je l'embrasse sur la joue avant de fermer la porte, emprunte les escaliers collectifs et fais un plongeon dans le quartier.

Il fait gris et humide. Un vent agressif de début d'automne pénétre mes vêtements et me mouille les yeux, pour prendre l'air, je prends l'air. Si j'avais eu le choix j'aurai préféré une fine brise à la place de ce foutu blizzard, mais dans le Nord rien ne sert d'être trop exigeant. Il n'y a pas grand monde dans les rues, comme à l'accoutumée pour un dimanche humide d'automne. Seuls quelques mômes pour qui le vent froid ne constitue pas un obstacle à leur âge jouent au ballon dans des rues peu fréquentées par les voitures. Un amoureux de la bagnole qui, chaque dimanche de l'année, fait briller son bolide TUNING à petits coups de chiffon, méticuleux à souhait. Des voisines d'un certain âge, emmitouflées dans des châles, commentent *« le temps qu'y fait »* ne dépassant pas leur seuil de porte et grelottent avec zèle tout en se frottant vivement les épaules. Je traverse *« la rue des pauvres »* pour rejoindre *« l'impasse des oubliés. »* Tout au bout, je franchis un petit muret qui conduit à une usine de textile abandonnée. Je connais par cœur les quelques messages inscrits à la hâte sur ses murs bétonnés, d'une certaine manière ils racontent son histoire, fresque contemporaine, et justifient le silence qui y règne :

« Rendez-nous nos emplois. » « Sales Turcs. » « PDG meurtrier. »

Aussi, on y lit les incontournables messages d'amour et de haine que l'on retrouve sur les murets et tables en bois du monde entier dans les endroits un peu isolés :

« Mélanie sale pute. » « Je suce au 06-09... » « Je t'aime Djamel. »

Ou encore : *« La terre ferme, tant pis, on ira ailleurs. »*

J'adore ce message, il me plait, me va aussi bien qu'un habit tout neuf. Je m'assois sur une des marches d'entrée de l'usine condamnée pour me laisser le temps de méditer.

Plus loin face à moi débute le match de foot sur le terrain municipal, quelques spectateurs passionnés sont accoudés aux barrières. De là où je suis assis, les footballeurs paraissent minuscules et le ballon a le même diamètre qu'une bille. Pour m'amuser, je fais semblant de tenir une manette de jeu vidéo tandis que j'imagine contrôler les joueurs. Faisant écho, je discerne des cris d'encouragements destinés à l'équipe de Beuvrages.

« Beuvrages ferme, tant pis, ou tant mieux, j'irai ailleurs. »

Quitter mon immeuble, aller travailler au champ pour y couper du raisin, cette idée commence à sérieusement m'emballer. Mais je n'ai pas encore passé l'étape du nom et prénom : Ben Saïd Walid, cette bonne femme va sûrement flipper. En même temps, je m'attendais à une réponse négative et catégorique dès mon premier appel, alors pourquoi ne pas espérer un miracle ?

« Je pense qu'il a encore besoin d'un ou deux gars. »
Cette phrase résonne dans ma tête avec espoir. Elle est amplement suffisante pour rendre ce samedi attractif, même si tout ça me chamboule la tête. Cette nouvelle expérience me paraît insolite mais je reste persuadé que voir un peu de pays ne peut me faire que du bien. Enfin, je me décide à partir au cas où il resterait de la place pour y bosser. Un coup de sifflet retentit au loin et me fait revenir à la réalité, l'équipe de Beuvrages a marqué un but contre celle de Denain. Je redescends sur terre et prends ce point comme un signe de bénédiction, mon match est à jouer et je ne veux pas rester sur la touche. À l'aide d'un morceau de craie ramassé par terre, je prends le soin et le plaisir d'écrire une phrase supplémentaire sur les murs de cette usine en ajoutant à cette fresque ma touche personnelle, comme si je voulais marquer l'évènement en inscrivant un message sur ce vieil édifice avant qu'il ne soit abattu :

« TCHAO BEUVRAGES. »

De retour chez moi, je tourne en rond comme un lion enfermé dans une cage trop étroite, je ne tiens guère en place et toutes les pièces de l'appartement commencent à m'insupporter, y compris ma chambre. Sans aucune conviction, j'allume la télévision pour apaiser un peu mon attente mais aucun programme ne parvient à me stimuler. En effet, les courses hippiques tout comme les recettes de cuisine du samedi après-midi n'ont rien d'excitant. Brusquement, je cloue le bec à Michel Drucker et me traîne dans ma chambre.

J'actionne le bras de la platine qui caresse mes vinyles en un mouvement gracieux et continu, le diamant vient se placer sur la galette noire, pressée, lisse, glissante comme une patinoire. Frottoir magique qui se couche sur mes vinyles en rotation, la mécanique se met en marche et provoque un craquellement, quelques secondes emplies de charme précèdent la musique, la voix, probablement mes favorites. Je m'émerveille autant du fonctionnement d'un électrophone qu'un gamin de trois ans qui ouvrirait pour la première fois une boite magique qui tout d'un coup fait de la musique et dans laquelle il découvrirait une danseuse étoile en rotation sur elle-même ; ça peut paraître banal mais ça m'apaise, me fait du bien. Quoique je n'ai jamais trop aimé les boîtes à musique, j'ai toujours trouvé ça un peu glauque, pour moi c'est comme les clowns, ça m'a toujours fait flipper. Le carnaval de Venise, c'est censé être beau et constituer une destination privilégiée à vivre en amoureux, et bien ça aussi ça m'a toujours fait flipper, je crois bien détester les masques. J'allume un pétard et prend une première bouffée que j'exhale sur le vinyle en cours de lecture, comme si je ne voulais pas fumer ce joint seul mais que je préférais le partager avec mon idole : Ella Fitzgerald. La fumée vient alors se répandre tel un brouillard soudain et opaque émanant de ce minuscule désert noir, le spectacle m'amuse, me fascine.

Mon quartier se compose, d'un côté, de vieilles maisons en briques rouges collées les unes aux autres, le plus souvent enfermées dans des courées étroites. Ces maisons étaient occupées par les familles des mineurs à l'époque, et la plupart d'entre elles sont restées telles quelles. En face, des tours dominent le paysage et s'imposent comme uniques montagnes, surplombant au loin ce qu'il reste de quelques terrils en perdition. C'est là où j'habite, dans une de ces tours, *« vous êtes ici »*, mon septième étage perché au septième ciel, ce n'est pas les Andes mais je fais avec. Je vais faire un bref état des lieux afin que vous puissiez jeter un œil à travers le judas.

Mon voisin d'en face s'appelle Michel, comme ça à vue de nez, je lui donnerai une bonne cinquantaine d'années. En parlant de nez, ce n'est plus un nez mais une belle fraise qu'il s'est payé. Derrière sa paire de lunettes aux verres teintés et jaunis posée sur le bout de sa fraise et qu'il ne quitte jamais, se cache une cornée vitreuse et luisante, et deux pupilles dilatées et hagardes qui vous fixent, rat sournois qui guetterait une éventuelle proie, conséquence assez convaincante d'une longue carrière d'alcoolique. Michel a le ventre gonflé et tient sur deux guiboles aussi larges que deux baguettes. L'été, Michel porte des shorts démodés ; des vieux shorts datant encore certainement des exploits mondiaux de Bjorn Borg, et une chemisette blanche rentrée à l'intérieur. L'hiver, il ne quitte pas sa chemisette, Michel a le sang chaud, ou plutôt ce qui lui reste de sang ; mais il remplace ses shorts par des jeans qui réclameraient tout de même un bon dix centimètres pour espérer dignement atteindre le plancher, en vain. Michel transpire tant et si fort le pastis que son effluve pourrait presque se sentir jusqu'au port de Marseille. Vieux garçon, il vit en compagnie de sa maman qu'il déteste et adore à la fois. Ils n'aiment pas beaucoup les voisins et alimentent tous deux une sorte de paranoïa. Il faut le voir Michel, rentrer chez lui après avoir claqué son Revenu Social d'Alcoolémie. Il titube jusqu'à sa porte juché sur ses maigres gambettes qui lui servent de porte-ventre, jette un œil à gauche, puis à droite, prêt à bondir sur l'ennemi imaginaire qu'il s'est créé et qui pourrait à tout moment lui piquer sa bouteille de Ricard ostensiblement cachée dans un sac en plastique. Lorsqu'il rentre chez lui ainsi ravagé et que je le croise lors de son passage au sein de nos parties communes, c'est d'une manière nette qu'il stoppe sa marche hésitante tandis qu'il se retourne pour me fixer de ses yeux de rat au travers de ses lunettes jaunies, prêt à castagner ce qui apparaît certainement comme mon double, voire mon triple. Et je l'entends penser tout haut…

- Qu'est-ce que tu fous sur mon chemin, espèce de sale bougnoule ?

Michel n'a vraiment pas de chance, il est tombé sur le mauvais client et je ne suis jamais entré dans son jeu ; bien au contraire, je l'assiège toujours d'un distinct *« BONJOUR MICHEL »* affable et sonore qu'il ne me renvoie jamais. Puis, il ouvre à peine sa porte blindée et précautionneusement fermée à triple tour pour se faufiler au plus vite chez lui tel un fantôme retournant dans son abri. Il entre dans son refuge où règne une odeur âcre qui a tendance à se répandre sur tout le palier, ferme la porte de sa caverne jusqu'à la prochaine sortie au bistrot du coin, au supermarché. Liqueurs enivrantes et dentelles féminines, ses rayons favoris, c'est le grand voyage, il aime la dentelle Michel. Il aime aussi se chamailler avec sa mère, et ça gueule régulièrement dans leur appart.

« MICHEEEELLLL ??!! T'ÉTAIS ENCORE FOURRÉ OÙ MICHEEEELLLL ???!!! »

Tel est le refrain du vieux disque rayé et hurlé à peine la porte fermée, cérémonial répété chaque jour d'une voix gutturale par sa mère qui le croyait encore peut-être fourré au cinéma ou au zoo, ou pourquoi pas à la piscine avec une fille. Nous ne l'avons jamais vue, elle n'est jamais sortie de ses quatre murs, mais j'ai malheureusement une piètre image d'elle. Je l'imagine fort bien, assise dans son fauteuil ancien orné de grosses fleurs, une épaisse couverture à carreaux et qui gratte posée sur ses genoux et de laquelle émane une odeur mordante de pisse ; dans le noir complet et à trois mètres d'une grosse et ancienne télévision à tube cathodique qui reflète une lumière bleue sur son visage, le cou à moitié tordu en direction de la porte d'entrée, telle une vieille dinde en contorsion, le postillon facile et un filet de bave lui coulant sur la lèvre inférieure.

« MICHEEEELLLL ??!! T'ÉTAIS ENCORE FOURRÉ OÙ MICHEEEELLLL ???!!! »

Elle est sourde comme un pot, ce qui augmente considérablement le niveau de décibels de la télévision dont elle règle le volume au maximum, et nous connaissons par cœur les programmes télé quotidiens qui viennent rythmer ses journées. Malheureusement pour moi, je ne partage pas vraiment ses goûts pour les chanteurs d'opérettes morts, les séries policières allemandes et les publicités pour les couches adultes. Michel contrarie souvent sa maman, mais ils sont liés à la vie à la mort ces deux tourtereaux, aussi bien qu'un vieux couple marié, et finissent toujours par trinquer en guise de réconciliation autour d'un petit pétillant servi dans un verre à moutarde et qui vous foutrait le brûlot en moins de deux. *À VOT' SANTÉ !* Ça finit toujours bien. Michel et sa mère n'aimeront jamais les voisins qui leur créent beaucoup de torts, je crois bien qu'ils n'aimeront jamais les Arabes non plus. C'est pas de ta faute ni de la faute à personne si tu es dans la mouise Michel ; personne ne t'en veux alors n'en veux à personne.

Momo, c'est notre voisin de gauche sur le palier du septième, le voisin de droite du côté de Michel. Michel n'aime pas Momo, il pense sûrement que Momo lui a piqué son boulot. Il aime encore moins les gosses de Momo, ils se reproduisent à la vitesse de la lumière ces Moricauds. Momo est un monsieur très discret, grand et imposant. Il quitte son appartement chaque jour aux alentours de dix-huit heures, l'air blasé et fatigué, sa femme reste à la maison. Tout comme mon père, il travaille de nuit, dans un entrepôt de déchargement de poids-lourds. Momo a quatre garçons qui s'échelonnent de sept à quatorze ans. Ils font pas mal de conneries ses gosses, mais jamais rien de bien méchant ; ils me font même marrer, je les trouve malicieux et espiègles. Quatre garçons plein de vie et d'énergie, voilà tout. Sauf que pour Michel, ce sont de vrais démons. Il faut les voir parfois courir dans ses pattes tout en imitant la voix hystérique de sa maman.
« MICHEEEELLLL ??!! T'ÉTAIS ENCORE FOURRÉ OÙ MICHEEEELLLL ???!!! VOIR LES PUUUUTES ??? »
Qu'ils lui répètent en refrain gesticulant autour du macchabée vivant indigné tandis qu'ils lui font des grimaces. La scène peut paraître drôle et insolite… un très court instant. Pour Michel, c'est la fin du monde, tout aussi choquant qu'un voyou qui l'agresserait au cran d'arrêt pour lui piquer son maigre pognon. Il peste dans le vide, maugréant alentour, le visage rougi et convulsé. Il finit par les pointer du doigt, les traitant tous de sales macaques ! Et lorsque j'assiste à un tel spectacle, c'est sidéré que je contemple cette triste

scène passer du comique au tragique. Sur un seul et même palier, deux mondes antagonistes se côtoient, se croisent chaque jour alors qu'ils ne se comprendront jamais. Des individus X et Y qui parlent la même langue, mais qui n'ont aucun code de conduite en commun, source de conflit dans nos cités.

Dans ce cas, je suis dans l'obligation d'intervenir comme médiateur. Si je ne le fais pas personne ne le fera à ma place, et un drame pourrait un jour survenir. La femme de Momo flippe car elle ne parle pas bien le français, et n'a pas suffisamment d'autorité sur ses quatre garçons. Elle vient d'un petit village en Algérie et ne saisit pas tous les dangers présents en zone urbaine, elle ignore aussi toutes les petites conneries qu'ils peuvent faire, elle en serait d'ailleurs effarée. Je remplace un instant l'autorité de Momo. Je gueule d'abord un bon coup sur Michel, lui sermonnant que ce sont des enfants et qu'il n'a pas à les traiter de macaques. Dans ses dents, il baragouine une série d'insultes mais il se calme au fur et à mesure ; il n'est pas si méchant que ça Michel. Puis je demande aux enfants de s'excuser à haute voix auprès de lui, j'ai de la chance qu'ils m'aiment bien et qu'ils m'écoutent. Et tout le monde rentre chez soi, fin du théâtre quotidien joué gratuitement sur notre palier fort animé. Michel menace parfois de tuer les gosses de Momo, mais il n'est pas méchant pour un sou. Il se trompe juste de colère, c'est tout ; comme de nombreuses familles de souche française qui mettent la misère sur le dos des Arabes, toutes ces petites étincelles créent de nombreux incendies, de tension et de racisme. Le cas de Michel et des enfants de Momo ne constitue qu'un parmi tant d'autres sur la longue rive de notre paysage.

Enfin, notre voisine de droite, Madame Gajda. Une vieille Polonaise à la retraite et qui a rangé sa tête dans un tiroir, pour ne plus jamais la ressortir. Tant mieux pour elle à vrai dire vu tout ce qui se passe dans le quartier. La pauvre, elle a dû également paumer la clé du tiroir. Elle est gentille Madame Gajda, elle vit seule depuis longtemps et n'a jamais de visiteurs, ses enfants la laissent vieillir ou ont dû l'oublier, comme on abandonnerait un chien sur l'autoroute ; il ne se passe pas une journée de l'année sans que ma mère ne fasse à manger pour quatre et qu'elle n'aille lui apporter chaque jour un repas. Elle ira au paradis ma mère. Son mari est décédé depuis très longtemps, je crois même ne jamais l'avoir connu. Elle n'a pas eu une vie facile Madame Gajda, elle causait avec ma mère sur le palier quand elle avait encore toute sa tête et lui racontait qu'elle avait travaillé une bonne partie de sa vie à ramasser des patates dans les champs, en Pologne tout comme ici, ce qui explique sa posture voûtée. Contrairement à Michel qui ferme sa porte à triple tour, Madame Gajda laisse tout le temps la sienne grande ouverte. Elle a pété un boulon Madame Polak et pourrait à tout moment se faire chouraver le peu de meubles qui lui appartiennent. Souvent, je la croise dans la rue, le visage égaré, l'air absent mais toujours un large sourire posé sur ses lèvres vieillies. Plus jeune, elle devait être jolie Madame Gajda, de grands yeux bleus et brillants, expressifs, animent son visage finement dessiné et aujourd'hui profondément ridé. La pauvre femme, je la vois souvent rester assise plusieurs heures à l'arrêt de bus, *« destination nulle part, »* jusqu'à ce qu'un chauffeur bienveillant fasse un court détour pour la déposer devant notre immeuble. Toujours le sourire aux lèvres la brave dame, semblant s'émerveiller de tout et n'importe quoi, en voilà au moins une heureuse de vivre ici, si seulement c'était naturel… Je la salue toujours Madame Gajda, et elle me renvoie chaque fois la monnaie par un *« bonjour jeune homme »* franc et vif, de sa voix teintée d'un accent polonais. Auparavant, elle connaissait encore mon prénom, mais son âge avancé ne lui a pas rendu la mémoire. Lorsque je la rencontrais sur notre palier autrefois, c'était toujours guillerette qu'elle m'accaparait un moment pour m'offrir des bonbons qu'elle avait en abondance dans un panier en osier posé sur un meuble à l'entrée de chez elle. Elle prenait bien soin de jeter un œil autour d'elle comme si ce rituel devait rester secret, même si elle en donnait déjà à tous les enfants du quartier et que ce n'était pas du tout un secret. Elle fait partie du décor Madame Gajda et tout le monde la connaît, une des doyennes de Beuvrages, pièce de musée toujours vivante. Je crois que les gens auront de la peine quand elle nous quittera. Quand je la croise dans la rue avant de rentrer chez nous, je prends soin de laisser sa porte entrouverte au cas où elle aurait oublié ses clés. Madame Gajda semble porter un respect, une adoration pour le pape Jean Paul II. Dans son hall d'entrée et au dessus de son téléphone à cadran est accroché un grand poster du pape dans un cadre aux contours dorés. Je suppose que la présence du gardien du Vatican chez elle doit rassurer la vieille dame. Vous m'direz, elle peut continuer à laisser sa porte ouverte Madame Gajda, Jean-Paul veille et peut dissuader les voleurs aussi bien qu'une alarme.

Je mets en marche ma platine pour me laisser bercer par Nina Simone, me blottis dans mon lit tandis que j'essaye de m'endormir, en vain. Sommeillant d'un œil et comme ligoté au sein d'une sieste quelque peu agitée, je me retrouve à nouveau assis sur les marches d'entrée de l'usine, plongé dans mes pensées. Seulement, ce n'est pas le coup d'un sifflet qui me fait revenir à la réalité, mais une main posée sur mon épaule qui me fait sursauter. D'une manière abrupte, je lève mon regard, circonspect, le rythme de ma respiration s'étant soudainement accéléré, et Madame Gajda se trouve là, à mes côtés, un sourire obséquieux posé sur ses lèvres asséchées. Elle ne dit pas un mot et, au cours d'une minute qui me parait durer un siècle, continue de me sourire sans retirer sa main de mon épaule ; je suis mal à l'aise et pas un seul mot n'arrive à sortir de ma bouche. Puis, en une succession de gestes lents, fragmentés, et sans me quitter une seconde des yeux, elle ramasse un morceau de craie au sol, me prends de sa main moite et me tire vers le mur aux messages comme si elle m'invitait à participer à un rituel. Je la suis tandis que lentement, elle inscrit d'une écriture maladroite, enfantine :

« *Walid doit partir ! Walid doit faire son chemin!* »

Je fixe le mur un moment et commence à voir un peu flou, et les deux phrases se dédoublent comme si on m'avait injecté un puissant anesthésiant. Une douleur vive m'assaille la tête tandis que je tourne mon regard interrogatif vers la vieille, lui exprimant ainsi une forte inquiétude, une incompréhension. Du sang lui coule sur le front et perle à gouttes saccadées entre ses deux yeux retournés et elle est soudainement prise d'un fou-rire hystérique, convulsif. Je hurle pour briser ce maudit cauchemar avant de me réveiller en sursaut. Je suis tout en sueur et haletant, il me faut plus d'une minute pour recouvrer mon esprit. Je me rends compte que je suis agrippé à ma couverture, je me suis assoupi presque une heure.

La misère n'a jamais vraiment quitté nos rues, nos grands-pères ont usé leurs poumons dans les mines, nos pères au chômage les usent la clope au bec, opium de l'ennui. J'aimerais survoler les corons en quête d'un avenir meilleur, à la recherche de mon îlot, de ma montagne, de mon bel oranger. Ella s'il te plait fais moi don de tes ailes. Je veux quitter Beuvrages, je marche tel un somnambule prisonnier de l'ennui ; l'horizon se montre bien gris dans ma cité, les yeux blasés des gens font monter en moi un sentiment de peine.

Je parcours mon quartier à pieds, et je ne croise que des visages abîmés.

« L'Arabe du coin » qui ne joint plus les deux bouts à cause du supermarché d'en face, la femme de ménage qui en a ras le bol de ramasser la merde du toxico d'en face, le troquet qui accueille les poivrots du troquet d'à côté ; et moi, qui sature de devoir faire face à tout cela. La galère était déjà bien implantée sur notre sol du Nord, le travail dans les mines se montrait harassant. La poussière des morceaux de charbon venait se loger tout droit dans les poumons de ces hommes, pour ne plus en ressortir ; et ils risquaient chaque jour de perdre la vie, apeurés par un éventuel coup de grisou qui pouvait à tout moment venir sonner le glas. Et si la fin du voyage ne consistait pas en une explosion pour certains, qu'ils étaient épargnés pour quelques semaines dans une vie aux maigres plaisirs, les effondrements de pierre, de charbon, les attendaient au tournant suivant au sein des galeries. C'est en groupe que ces mineurs rentraient chez eux, c'est en groupe qu'ils se noyaient dans la gnole au bistro du coin afin de célébrer ensemble le malheur d'une courte et misérable vie. Ils revenaient au bercail pour y déposer trois francs six sous sur la table. Et le diable les guettait de près, état de fatigue incessante. Les bourges oisifs les surveillaient, raclant le fond des poches de ces milliers d'hommes aux menues monnaies, ces bourges oisifs effrayés par la cage aux sauvages. Fermez, fermez donc la cage aux sauvages ! Le capitalisme paternaliste triomphait en maître sur le plat pays qui est le nôtre.

Puis, les mines ont fermé, les industries ont fermé, les magasins ont fermé, les richesses et les riches sont partis, et les pauvres sont restés. Les commissariats ont ouvert, les prisons grouillent, les plaies restent ouvertes, le Pôle Emploi est rempli, tu vas la fermer oui ou merde ?!

Dix neuf heures sonnent et il ne me reste plus longtemps à attendre avant de rappeler. Je songe à rouler un autre pétard mais chasse rapidement cette idée pour la remettre à plus tard. Défoncé, je risquerais de manquer de crédibilité. Mon estomac commence à crier famine et je rejoins la cuisine pour me préparer un sandwich improvisé, tuer un peu le temps étant devenu mon principal objectif. Le frigo est quasiment vide, merde, j'ai la poisse! Je me décide alors à aller rendre visite à l'Arabe du coin. J'y choisis un morceau de fromage, deux tomates et du beurre, le trio parfait pour un sandwich de samedi soir. Aussi, je prends un yaourt et enfin une 8.6, pique-nique pas des plus diétét'HIC mais qui vous met malgré tout en confiance.

Comme d'habitude avec Farid, nous nous échangeons quelques formules de politesse d'une voix monocorde, aussi blasés l'un que l'autre :
- Ça va bien Walid ? me dit-il tête baissée, concentré à rassembler mes articles.

(J'ai le cerveau en vrac, n'en peux plus de cette putain de ville, de cette misérable vie !)
- Bien… bien… et toi Farid ? Il me regarde sans vraiment me voir tout en s'humidifiant les doigts afin de décrocher plus facilement un plastique d'un bloc accroché à son clou.
(J'en ai ras le bol mon frère, je suis fatigué et mon affaire ne tourne pas vraiment rond !)
- Ça va ça va… on fait aller merci bien… me répond-il poliment, mais ses mots sonnent faux.
(Tu veux qu'on en discute autour d'un thé on pourrait pt'être r'faire le monde ?)
- J'te dois combien ?
- Six euros cinquante… et merci à toi.
- De rien… Allez salut Farid à bientôt bon courage…

Je sors de chez Farid et marche d'un pas vaillant pour arriver chez moi au plus vite tandis que la pression remonte à nouveau. En contre-plongée, de fines lamelles de soleil se montrent timides mais viennent malgré tout caresser des centaines de minuscules nuages parsemés et qui semblent sortir tout droit d'une locomotive, avant de plonger pour de bon dans les ténèbres. J'aime ce ciel du Nord, prenant le plus souvent place en arrière-saison quand la température redevient fraîche et le temps humide, mais lorsque le soleil puise ses ultimes rayons afin de nous apporter notre dose vitale de lumière avant l'hiver.

Je mange trop vite et enfile ma bière à la hâte, il me faut un vrai remontant pour reprendre courage avant de rappeler. Tout comme moi, ma mère semble difficilement capable de se trouver une réelle occupation et tourne en rond. Vu de dessus, notre appartement doit ressembler à un Pacman grandeur nature. Elle est inquiète et vit pleinement l'évènement qui anime la journée, dans la crainte d'une potentielle déception si on me refuse cet emploi saisonnier. De plus la connaissant, je sais très bien qu'elle s'en voudrait, un excès de remise en question constituant l'un de ses défauts principaux. D'un sourire timide et inquiet, elle m'encourage.

Vingt heures pile, je compose le numéro avec angoisse, cela ne me ressemble pas mais je tremble. Tuuut… tuuut… tuuut... Je me crispe sur le combiné craignant soudain que ma main moite n'y laisse une empreinte. Tuuut… tuuut… tuuut... J'expire un bon coup en souriant à ma…
- Allo ??!!
Une voix grave et sévère s'impose de l'autre côté du téléphone, rien à voir avec la voix rassurante et chantante de cet après-midi.
(Allo Barry White??!! J'appelle pour faire les vendanges y a moye' ???)
- Oui… euhhh… Bonjour Monsieur… J'appelle pour une annonce parue dans le journal quiii euhhh…
- Désolé Monsieur c'est complet depuis cet après-midi !!!
Cette voix masculine me coupe de façon expéditive, aussi froide qu'un iceberg.
(Vas- y enculé on laisse les gens finir leur phrase quand on est poli!!)
- Et euhhh… j'peux pas vous donner mon numéro de téléphone au cas où…
- Allez-y je prends note ! continue-t-il sur le même ton.
(Mais y va m'laisser parler ce con !)
Sans plus aucune conviction et d'une voix hésitante, je lui laisse mon numéro. J'ai la bouche aussi sèche qu'un désert et un sentiment d'amertume me traverse le corps.

Game Over ! Retour à la case départ ! Avoir le sentiment de posséder un brin d'espoir entre les mains, chimère éphémère. Puis, le voir s'effondrer comme un vulgaire château de cartes, encore pire que tout. Vous êtes le maillon faible, au revoir ! Écœuré, je raccroche sans prendre la peine d'expliquer la situation à ma mère, elle a compris de toute façon. Son inquiétude et son impuissance transparaissent sur son visage comme sur un livre ouvert. Muette, elle ne sait ni quoi dire ni quoi faire pour me consoler, sachant que le moindre signe de consolation m'agacerait sûrement. Égaré, amorphe, je reste un moment près du téléphone, statique, sans bouger du hall ; sur la photo, je suis toujours accroupi devant et mes deux sœurs me font toujours des oreilles de lapin… Quant à moi, j'ai jamais eu l'air aussi con ! Finalement je crois bien que je la déteste cette photo.

Je sens une colère irrationnelle monter en moi tandis que d'un pas franc, je rejoins ma chambre pour y débuter un bien triste épisode. Mes sens se mettent à chavirer. Comme une cocotte-minute que quelqu'un aurait oubliée sur le feu, je sens le drame arriver aussi vite qu'un TGV à sa plus vive allure. Et je me retrouve à son bord, spectateur du cauchemar de ma vie auquel j'assiste à travers la fenêtre du bolide et qui me tourne la tête ; moi, Walid Ben Saïd, vingt ans, raté, accro au pète et poète. Sans crier gare, les larmes me montent aux yeux ; comme une vague, de fines aiguilles me traversent le dos du bas jusqu'à la nuque, et le débordement survient sans plus se faire attendre. Je prends un plaisir sadique à retourner ma chambre du sol au plafond. Je commence par racler tout ce qui peut se trouver sur mon bureau, renversant tout au sol. Alertée par le vacarme, ma mère fait irruption dans ma chambre, le visage blême et marqué par la stupéfaction, son regard oscillant dans tous les sens tandis qu'elle analyse la situation. Debout et le visage entre mes deux mains, je pleure à chaudes larmes, sanglotant, ma respiration provoque un râle irrégulier, et je ne fais même pas attention à sa présence. Avec force, je tire l'armoire où sont rangés mes vêtements pour la renverser, ce qui provoque un bruit de tonnerre. Derrière moi et devant ce spectacle tragique qu'elle ne maîtrise pas, ma mère gesticule et hurle d'une voix désespérée :
- Walid arrrêêêttteee j't'en supplieeeeee !!! Walid mon fils arrrêêêttteee j't'en supplieeeeee !!!
Ces cris sont entrecoupés de pleurs réguliers et profonds.

Je puise dans ma collection de vinyles et casse plusieurs disques un à un en deux ou trois morceaux, sans même prêter attention aux modèles que je tiens entre les mains.

- Walid arrrêêêttteee j't'en supplieeeeee !!! Walid mon fils arrrêêêttteee j't'en supplieeeeee !!!

Ma mère m'implore et suit le moindre de mes mouvements à la trace, impuissante. Elle tremble, tape des pieds, tout comme prise de convulsions. Cette scène tragique restera gravée dans ma mémoire. Puis, de toutes ses forces, elle a le réflexe de me pousser sur le lit, me plaquant, à moitié allongée sur moi et atténuant là ma crise de nerfs à feu doux. Pendant dix longues minutes, je continue à exploser en sanglots, ma mère m'immobilise et essaye de me calmer :

- Pleure un bon coup Walid... voilà ça fait du bien d'pleurer... pleure un bon coup Walid !!!

Elle retient tout mon être qui tremble comme une feuille, je pleure dans ses bras tout en laissant le calme revenir en moi peu à peu. Elle me tient fermement la tête, et me caresse les cheveux.

- Parle-moi Walid... parle-moi plus souvent... j'ten supplie ! J'suis ta mère... j'peux t'comprendre et t'écouter Walid... j'sais qu'c'est pas facile d'être jeune... avec le chômage et pis tout ça... mais reste pas comme ça à t'morfondre dans ta chambre... ça m'fait peur tu sais... parle-moi Walid... parle-moi plus souvent... j't'en supplie... j't'écouterai j'suis ta maman !!!

Sa voix radoucie réussit à m'apaiser. Nous pleurons ainsi pendant plusieurs minutes, allongés sur mon lit tous deux dans la même position, et elle continue à me tenir la tête. Comme un gosse, je ressens la même angoisse que dans la cour des grands à l'école. Sauf que là, j'ai l'impression d'être juché tout en haut d'un ravin. Sans la moindre vision d'un avenir plus ou moins proche, je dois prendre mon futur par les cornes, le temps de l'insouciance est bel et bien enterré, le temps où il y a toujours une classe supérieure dans laquelle passer, jusqu'au lycée. *« Terminale »* terminée. Bienvenue au plus profond d'un fossé.

Notre soirée arrive à son terme. Nous remettons vite de l'ordre dans ma chambre afin de ne pas éveiller les soupçons de mon père, et nous décidons de garder cet incident pour nous. Les émotions vécues tout au long de la journée provoquent en moi un gros coup de fatigue et une baisse de tension. Je végète dans mon lit en fixant la même parcelle de tapisserie posée là depuis des années et sur laquelle j'imagine des formes et des visages dans les broussailles qu'elle représente. J'entends ma mère s'affairer à nous préparer une tasse de thé à la menthe. La chaleur du breuvage a sur moi un effet thérapeutique, mais j'ai de la peine à m'endormir. Je sais très bien que ma mère va être dans la même situation, inquiète, juste là, à quelques mètres de distance.

Je fais un rêve

    Pense à rien... endors-toi... peur du noir... t'étouffes... montées d'angoisse qui t'fracassent la tête à coups d'pelle... c'est l'grand manège putain ! Tu d'vrais rouler... plus rien à fumer... nuit lourde... longue à l'affût des premières lueurs du jour... humeur maussade... et si tu partais vivre à l'aventure ?! Un Indien dans la ville... ou un Zombie dans la rue... ?? Cesse de penser à toutes ces conneries... ta mère... pas bien... tout ça d'ta faute... pourquoi t'as pas suivi l'même chemin qu'tes sœurs ? Farid... l'épicier... te fait flipper... Madame Gajda... te fait flipper elle aussi... et toi t'fais pas flipper pt'être ??? Mets-toi côté gauche... pfffff... pas beaucoup mieux... bon à rien... ouais pt'être... mais bon à rien prêt à tout... lune magnifique... sourire radieux... rassurant un peu d'lumière... tu d'viens fou... non... pas toi qu'est fou... monde qui t'entoure qui d'vient fou... c'est quoi c'bruit ??? C'est l'diable qu'est caché dans les canalisations d'l'appart... y vient t'chercher mec ! Effectivement tu d'viens fou... arrête tes conneries et dors maint'nant... c'est marrant c't'ombre... on dirait un vioc' tout atrophié... pas si marrant qu'ça en fait... ça fait flipper... Madame Gajda... elle aussi devient toute atrophiée... où va-t-on Papa... je n'sais pas mais on y va... bande de sales patrons... effrayé par le monde... marrant c't'ombre on dirait un dragon... ou c'est pt'être un patron... putain arrête de penser... ferme ta caboche à idées et dors !!! Compte les démons... euhhh... les moutons... et si t'étais né chat ?! Y z'ont moins d'problèmes... les chats... non... ça doit être chiant d'être chat... Ella Fitzgerald... as-tu subi l'racisme ? Certainement... pourtant t'étais une star... et ta voix séduisait les blancs autant qu'les noirs... bien joué Ella tu t'es battue ! Pourquoi tu t'plains ?? Chacun son contexte... normal... marrant sur c'bout d'tapisserie... on dirait un crabe géant... si t'y fous l'pied y va t'bouffer connard... arrête de bouger... Madame Gajda... qu'est-ce tu fous là... dans ma chambre ??? Barre-toi vieille folle !! Barrez-vous tous… c'est bon tu dors maint'nant ! S'rais pt'être pas plus heureux si t'étais né chez les bourges… sûrement pas d'ailleurs… t'aimais bien jouer à la Zerboute… p'tit on a moins d'soucis… pourquoi l'aiguille s'arrêterait pas d'tourner à l'âge de cinq ans ? S'rait marrant… on aurait tous cinq ans… arrête tes conneries et dors ! Maman… maman… empêche moi d' sortir le soir… maman… comme avant… retiens-moi dès qu'il fait noir… Gajda dégage tu m'fais peur ! Et si tu sautais du septième ?! Pour sûr tu t'écras'rais comme une crêpe… jusqu'à quelle distance ton sang giclerait-t-il à la ronde ? Faudrait r'garder *« C'est pas sorcier »*… pas les couilles de sauter… t'es cap ou t'es pas cap… même pas cap… préfère subir… ou pt'être agir… Maman je t'aime… tu l'sais pt'être pas alors j'te l'dis… t'es une grande dame ! Tu d'viens fou merde ! Mais non tu paniques… c'est tout… faut jamais laisser la panique entrer dans ta caboche à idées… vont trop vite les idées… ça t'tourne la tête… arrête de penser… dors… laisse donc un peu ta caboche respirer… espèce de maniaque va ! Partir vivre au Mexique… putain quelle bonne idée !!! Dans une cahute en bois… putain quel cliché… y a pt'être même pas d'cahutes au Mexique… tu t'attends à quoi bordel… à serrer la main d'Pépito à la frontière ?! Vie pt'être pas plus belle en cahute… on préfère toujours la tranche de pain d'son voisin… toujours l'air plus moelleux… à l'école c'est pareil…cantine… assiette du voisin toujours l'air meilleur… pt'être ici qu'tu dois essayer d'construire ta vie… rencontrer une fille te f'rait l'plus grand bien… putain… fait des siècles que t'as pas baisé… tu sais encore comment on fait ?! Baisé qu'trois fois dans ta vie… pas lourd… avec Irina… putain… ose même pas y penser… était trop bien… te fout l'bourdon autant qu'la trique ! Tout cas t'rendrait moins fou d'tirer un coup… pourquoi tu t'tutoies t'es complètement schizo ou quoi ?! Putain… j'kiffe trop les brunes… me rendent complèt'ment dingue… y a pas une p'tite Mexicaine qui traîne ?! Perdue dans l'coin entre Beuvrages et Valenciennes… l'emmènerai où ?! Au terrain d'foot ?! Non merci… j'préfère la rencontrer là-bas… danse corps à corps… chaleur moite du

Mexique... tu m'enivres déjà... putain bonjour le cliché... mais rien d'grave... trop bon d'rêver ! Danser à moitié désapés... qu'nos sueurs s'entremêlent... avant d'faire l'amour... dans une cahute... faible lueur pour seul éclairage... loupiote qui grésille... dehors... averse ruisselante... dehors... putain... trop bon d'rêver... donne tout d'suite moins envie d'sauter... la porter... lui faire l'amour comme dans les films de Patrick Swayze... pour ça faudrait qu'j'me mette un peu aux altères... mais pas grave... trop bon d'rêver... besoin d'une douce... j'lui dirai je t'aime... ringard je t'aime... pourquoi pas l'appeler poussin... princesse pendant qu'j'y suis ?! M'en tape !! Veux bien être ringard... l'appeler poussin... princesse... du moment qu'j'ai une douce ! J'irai la chercher au bureau... ringard le bureau... j'irai la chercher en voiture... ringard la voiture... montgolfière... tapis volant... tout d'suite... original... j'irai chercher ma meuf en montgolfière... tapis volant... au bureau... de quoi surprendre plus d'une collègue... survoler l'Mexique... en montgolfière... avec ma douce... le pied... formidable... faire des bébés... là-haut... dans l'ciel... s'raient déjà perchés... avant même de naître... nos mômes... dans un lit... s'rait déjà pas mal... la montgolfière... verra plus tard... quand j's'rai blindé... c'est pas demain... putain dors merde ! Pas d'meuf... pas d'montgolfière... pas d'bagnole pour tracer la route... pas d'vélo... j'vois toujours trop grand... l'emmènerai manger une glace... à la ducasse... ma meuf... déjà pas mal... faut qu'j'me trouve une meuf... avant d'trouver une ducasse... ou j'peux pt'être me trouver une meuf... à la ducasse... pas d'endroit bête... pour rencontrer une meuf... dors... j'préfère idée Mexique qu'idée ducasse... faire l'amour... merveilleuses criques... arrête de rêver... et depuis quand qu'y aurait un décret qui dirait d'arrêter d'rêver ??!! Depuis Sarko ??!! Ah bon ??!! J'la trouverai au Mexique... ma meuf... jolie brune... peau toute dorée... cheveux ondulés... et qui danse en m'souriant dans un bar en dessous d'un ventilateur ?! Maté trop d'films connard ! Arrête tes conneries et dors... Madame Gajda était pt'être belle... jeune... c'est vrai... les vieux ont été jeunes... on oublie parfois... autant qu'on oublie qu'un jour... on d'viendra vieux... pt'être moches… sûrement moches… toutes ces conneries m'détendent… putain j'suis pas fatigué… moche c'que j'viens d'faire devant ma mère… faut plus qu'j'y pense… ou ça va m'angoisser… elle oubliera tout ça… dors… putain j'ai pas l'boulot pour les vendanges… dors putain… surtout pense-y plus… oublie… demain j'reprendrai les études… en voilà une bonne idée… f'ra plaisir à mes parents… pt'être même à moi… pas mal comme plan… y aura pt'être une étudiante Mexicaine… inscrite dans ma classe… j'lui indiquerai l'chemin d'la bibliothèque… arrête avec cette Mexicaine… pense plus à rien s'te plaît… dors… ok… j'prendrai un p'tit déj tranquille avec ma mère… un d'ces jours quand mon père y travaillera… j'm'excuserai pour c'que j'ai fait… j'recollerai les morceaux… pas besoin… elle comprend… j'ai démolis ma chambre… elle comprend pas… j'm'endors… ça m'fait du bien… meilleure façon de n'pas dormir est d'se répéter sans arrêt qu'y faut dormir… putain… intelligent ça… non pas tant qu'ça… j'arrête de frimer… quand j'étais p'tit j'suçais mon oreiller… j'aimais bien ça… j'vais quand même pas l'refaire… abusé… Madame Gajda… t'es une gentille femme… j'm'endors… j'aime bien m'endormir, faut qu'j'arrête de m'dire que j'aime bien m'endormir… sinon j'vais plus dormir… non j'm'endors… j'ai les idées qui partent en vrille… j'adore ça… bonne nuit à toi Mexicaine inconnue… pourquoi pas une Brésilienne… bonne nuit à toi Brésilienne inconnue… m'en fous… pourquoi pas les deux… j'ai niqué la moitié d'ma chambre ce soir… fais d'la peine à ma mère… prendrai un bon café demain avec elle et mon père… à tout d'suite les filles… à demain Maman.

Pensées

Je me suis encore réveillé avec un vieux goût dans la bouche ce matin ; pâteuse, trop de pètes fumés accoudé à la fenêtre de ma chambre ; amertume, je n'avance pas dans ma putain de vie, voici les ingrédients d'un cocktail au goût acide, renversant, piteusement mélancolique. Ça énerve mon père de me voir glander toute la journée à lire des livres ; il est plutôt rationnel, aimerait me voir faire des études...travailler...obtenir décemment un salaire.

J'ai la pression, je n'ai pas réussi à suivre la belle voie tracée par mes deux sœurs, l'une est infirmière, l'autre assistante sociale. Belle ascension. Quant à moi, suis resté coincé au sous-sol, à l'aide, appelez un dépanneur ! Elles ont toutes deux une vie bien rangée, un gentil mari, pour l'une, deux enfants, situation honorable pour le paternel, je le comprends. Lui travaille la nuit dans une station essence, ça fait onze ans, rien de très excitant, mais mon père est le genre de type qui privilégie la vie professionnelle aux passions. Quoi de plus normal alors qu'il soit arrivé dans un pays qu'il ne connaissait pas à dix-neuf ans et qu'il devait se créer une place dans la société. Je ne peux pas lui en vouloir, je le respecte, mais je ne suivrai pas son chemin. Ça fait onze ans qu'il ne manque jamais à l'appel du travail, ça fait onze ans qu'il arrive à dix-huit heures cinquante pour commencer à dix-neuf heures, ça fait onze ans qu'il dort une bonne partie de la journée pour vendre une boite de préservatifs, deux cannettes de 8.6, et trois litres d'essence la nuit. Pour tout ça et parce qu'il est respecté dans sa profession, il ne touchera probablement jamais de prime ni d'augmentation de salaire et continuera à passer la moitié de ses nuits à fixer son reflet au travers d'une vitre blindée.

 « *Parce qu'avec Total, tu peux te mettre un gros doigt dans l'trou d'balle !* »

Je suis perturbé en ce moment, une récente rupture me fait beaucoup souffrir et écouter mes vinyles en boucle me sert de baume, ou ravive la flamme, je ne sais plus trop à vrai dire. Je me suis fait plaquer par Irina, vingt-deux ans, jeune pharmacienne qui travaille dans mon quartier. Le côté mystérieux qu'elle appréciait en moi au début s'est vite transformé en défaut ; il est vrai que je suis de nature peu loquace et elle me reprochait d'être trop silencieux. Un trait de caractère ancré en moi et que je ne changerai probablement plus à vingt ans, je ne le fais pourtant pas exprès, c'est comme ça. Irina, quant à elle, parlait l'équivalent de toute une tablée d'une famille de sept personnes réunies. Moi, j'acquiesçais le plus souvent, peu contrariant et souvent d'accord avec elle ; de nature très émotive à l'intérieur et peu expressive à l'extérieur, je l'écoutais parler. Même si j'étais passionné par ses nombreuses anecdotes, ça ne se voyait pas vraiment…jusqu'à ce qu'elle me plaque. J'ai toujours été persuadé que c'était bien d'être mystérieux avec les femmes. Apparemment, paraît-il qu'il existe une différence entre mystère et ennui. Possible. Un jour, j'irai vérifier tout ça dans le dictionnaire Larousse. J'ai tout simplement rencontré Irina en allant chercher des médicaments pour ma mère.

- Chéri, tu peux aller à la pharmacie pour moi s'il te plait ?

Et oui, ma mère m'appelle encore *« Chéri »*, heureusement pas dans la pharmacie ! J'y allais en traînant le pas, trouvant peu d'intérêt à cette activité. Pourtant, j'aurai pu courir jusqu'au bout du monde quand j'ai aperçu Irina, c'est fou comme on peut se dégourdir les jambes lorsque les raisons en valent la peine ! Son prénom était gravé sur une petite broche en plastique accrochée à sa blouse blanche. Après ça, je n'ai jamais eu aussi souvent mal au crâne. Ma mère était suspicieuse, moi qui ne suis jamais malade. Une boite de Dolipranes par-ci, un sirop pour la toux par-là, c'est vrai qu'en plein été, je manquais de crédibilité. Je n'ai jamais autant fréquenté ce lieu en si peu de temps. J'évitais quand même le laxatif, les crèmes pour transpiration intensive, et surtout, les produits concernant les soucis récurrents de mauvaise haleine.

Je ne vous raconterai pas mon amorce, rien de très original. Irina a juste accepté qu'on prenne un café ensemble un soir après son service. Après ça, on a partagé suffisamment de choses ensemble pour qu'elle vienne régulièrement toquer à la porte de mes souvenirs. Putain ! Trois malheureux mois mais suffisants pour me foutre un cafard indélogeable de ma fichue tête! Le genre d'évènements qui apparaissent chaque jour comme un clip vidéo, surtout que c'est moi qui suis resté sur la touche. Je ne cherche pas tellement à le voir ce clip au quotidien, mais on dirait bien que je n'ai pas le choix. Apparemment, il n'existe pas un large panel de programmes dans mon foutu cerveau, alors je fais avec, et j'ai tendance à l'idéaliser ce clip, malgré moi. J'aurais préféré avoir le satellite avec mille chaînes et me brancher sur un bon vieux porno pour oublier tout ça, mais c'est l'unique canal qui vient me hanter l'esprit. Irina était adorable, elle l'est toujours, je ne vais pas me mettre à parler comme si elle était décédée. Elle est d'origine bulgare. D'après ses récits, ça me semble être un pays fantastique, et j'adorais l'écouter me conter les histoires de son patelin natal. Elle avait neuf ans lorsque sa famille proche est arrivée en France, juste après la chute du communisme. C'était plus facile pour les gens de bouger avec l'ouverture des frontières, et son père avait eu l'opportunité de venir travailler ici comme ingénieur en agronomie ou un truc du genre. Alors, elles l'avaient toutes suivi, sa mère et ses deux sœurs. Elle y retourne chaque année en été visiter les proches restés là-bas. C'était dur pour eux d'arriver en France sans en maîtriser la langue, mais moins difficile que de rester en Bulgarie, car la transition économique et la chute du bloc communiste avaient laissé beaucoup de monde vivre dans la misère.

Putain ! Qu'est ce qui me prend à m'étendre sur Irina et la Bulgarie comme-ci je parlais du pays natal de ma tendre épouse ! Elle a bel et bien tourné la page et je devrais en faire de même, fin du voyage! Terminus, tout le monde descend! Je n'étais pas loin de me prendre une claque quand je croyais encore que Budapest en était la capitale, alors je ne m'amuserai pas à jouer le guide du routard version pays des roses rouges. Enfin, même si c'est mort et enterré entre elle et moi, je pourrai au moins pondre Sofia si j'ai la chance de passer un jour à « *Question pour un champion.* »

« *Top je suis une capitale, ville natale de la merveilleuse femme qui vient de vous plaquer et qui vous laisse à présent dans un état de nostalgie et d'amertume, j'aurais pu ouvrir les portes de mes plus belles églises orthodoxes afin que vous viviez une merveilleuse aventure en compagnie de l'être aimé je suis...je suis... un connard de présentateur télé.* »

Moi aussi je brûle d'envie de tracer un chemin, à la craie d'abord, pour venir y poser les pieds ensuite. Me frayer un passage à gauche, puis un autre à droite, pour peut-être ne plus jamais revenir au même point. Je ressens le besoin d'aller à la rencontre de mère nature, plonger les deux pieds dans l'océan pacifique, m'entendre penser que j'y étais ; me baisser, ramasser une poignée de sable sur le gigantesque tapis vallonnée qu'est le désert subsaharien et le sentir glisser entre mes doigts, sabliers agiles, me demandant si je suis visible de là-haut. Le microscopique point noir que je constitue est-il identifiable depuis un satellite ? À l'aide d'une loupe, l'ado collégien qui révise m'aperçoit-il sur les cartes de son livre de géo ? Lire tous ces bouquins me donne l'irrésistible envie de parcourir le monde, d'une autre manière que par les chaînes du câble, de boucler ma valise et de chanter tel un vieux bluesman du Mississippi :

« *I'm gonna pack my suitcase, and leave so far away from home!* »

À la gare, je serai accoudé à la housse de ma guitare vêtu de mon costume en flanelle. J'entrerai dans un train, au hasard, le fantôme de Robert Johnson marchant à mes côtés. Manque de chance, j'ai pris un train en partance pour Noyelles, suis trop con !!! J'espère bien qu'Irina passera par là pour me voir une fois ce grand jour arrivé :

- Salut Walid, qu'est ce que tu fais là ?

- Je pars Irina, vers des contrées lointaines, je ne veux pas mourir idiot, alors j'ai décidé de parcourir le monde ! (Armé d'une clope au bec bien évidemment.)
- C'est plutôt une bonne idée, mais tu es dans un train en partance pour Noyelles là, c'est normal ? (Merde ! Suis grillé !)
- Oui oui ! C'est... juste une courte escale pour... pour prendre un bateau... vers la Nouvelle Orléans.

Noyelles-Nouvelle Orléans, c'est tout de même connu comme liaison directe, je la pensais moins conne que ça Irina ! J'aimerai foutre le camp de ce bien triste quartier qui est le mien mais suis réaliste, j'y suis trop bien ancré. Je vis dans une cité, et je me sens seul.

Il nous manque de la verdure, je suis certain que ça ne coûterait pas une fortune de semer du gazon ou encore de planter des centaines d'arbres, mais l'État s'en moque, il chercherait plutôt à nous faire arrêter de respirer. Pourquoi ne pas y construire des petits chalets dans ma cité, comme en Bulgarie j'imagine. Bienvenue à Beuvrages. Les enfants pourraient faire des roulés-boulés dans les prairies, construire des cabanes dans les arbres au lieu de se viander sur du macadam. Mais non, ceux qui nous gouvernent se sont dit que ce serait mieux de mettre les gens en hauteur, peut-être pour pouvoir toucher les nuages... à moins qu'ils ne veuillent rapprocher les gens du soleil pour faire des économies de chauffage en hiver. J'imagine les gosses courir dans la forêt de Beuvrages à s'en péter les poumons, connaissant tous les coins et recoins, apprenant à guérir les maux de la vie avec des plantes, pas à coups de bâton dans des ruelles sordides. J'aimerais voir les mômes de mon quartier les pommettes couleur rose, regorgeant d'oxygène ; pas des enfants tristes qui se battent et survivent dans une impitoyable cour d'école. À tous ces enfants malmenés dans *« la cour des grands »*, ne sachant comment gérer leurs émotions, j'envoie l'esprit et la force d'Ella. Qu'elle vienne leur chanter des berceuses, confortablement installée dans son vieux rocking-chair afin d'apaiser au mieux leurs angoisses.

« It's a lovely day today, so whatever you've got to do. You've got a lovely day to do it in, that's true. »[1]

Môme, j'étais toujours fourré sous les jupes de ma mère ; aujourd'hui, je ne m'étonne plus d'être mal à l'aise dans *« la cour des grands ».* Y avait toujours un blaireau pour lever subrepticement le pied lorsque je courais dans les couloirs, vous devinez la suite…Y avait toujours un connard pour me glisser un chewing-gum à l'intérieur du cartable, ou y exploser une cartouche d'encre ; bref, bienvenue en enfer, quatre années d'arrêt. Vous disposez d'une boite de mouchoirs rangée sous votre siège, la compagnie Torture Airlines vous remercie de lui avoir accordé votre pleine confiance et vous souhaite un bon voyage. Je ne sais pas pourquoi mais j'attirais les ennuis comme un aimant, alors je me la jouais discret, voire inexistant. Je m'embusquais aux quatre coins de la cour d'école et je guettais, peu confiant en moi, craintif, essayant de camoufler au mieux le cordon ombilical enroulé et bien caché au fond de mon slip, cordon qui nous unit encore ma mère et moi. À ses yeux, j'ai toujours dix ans, et je me sens comme paralysé, figé à jamais dans cette vieille cour, le temps s'est arrêté, je n'ai pas avancé ; j'attends en vain la sonnerie qui déclare la fin du collège mais qui ne retentit jamais, une couche de poussière aussi large que mon pouce étalée sur mon cartable démodé. Je crois que le meilleur moyen de le couper ce cordon, c'est de quitter le foyer familial.

Ma mère m'a toujours défendu, quoi que je puisse faire. C'était bien à une époque, lorsque je pouvais emmerder mes sœurs sans que personne ne se fâche sur moi. Mais en termes d'irresponsabilité, je suis aujourd'hui juché sur la première marche du podium, un bouquet à la main et l'air un peu con. Plus jeunes, elles ont toutes les deux été secouées et se sont offert un avenir ; quant à moi en matière de secousses, ça n'a jamais dépassé les

---

[1] C'est une belle journée aujourd'hui, quoi que vous ayez à faire. Vous disposez d'une belle journée pour le faire, c'est certain. It's a lovely day today/Ella Fitzgerald.

0,01 sur l'échelle de Richter. À cause de moi, c'est souvent la zizanie entre mes parents. Mon père me tire les oreilles car je ne fais rien de constructif et que je glande toute la journée. Ma mère met ça sur le compte du chômage. Je pourrais fumer du crack qu'elle me défendrait encore :

« Mais arrête de l'engueuler, c'est pour se détendre l'esprit !!! »

Le pire, c'est que je suis d'accord avec mon père, mais ne dis rien…trop lâche, je laisse couler, ou me laisse couler. Je suis le seul responsable de mon échec et le dernier enfant à charge dans ce foyer. Mes sœurs sont parties, moi aussi j'aimerai prendre le large.

J'ai peur, peur du Métro Mac Do Dodo. Je cherche l'arrêt *« vie constructive, épanouie »* inscrit sur la rame mais ne le trouve pas, je commence à penser qu'il n'existe pas. Mary Jane, je rêve éveillé à présent, grâce à nos rendez-vous galants où tu me joues la sérénade à la fenêtre de ma chambre. Je suis coincé dans un de ces putains d'embouteillages, je sais je n'ai pas le permis, mais c'est mon rêve. Je ne me les gèle pas, il fait presque chaud. Le soleil cogne sur le Valenciennois, pourtant nous sommes en décembre, il est sept heures du matin. D'habitude, à la même heure, il fait froid et humide, j'essaie de faire fonctionner tant bien que mal le chauffage de la vieille bagnole de mon père, mais l'aération semble décidée à me cracher des stalactites au visage. Alors je laisse tomber. Aujourd'hui, je peux ouvrir la fenêtre, l'air est doux, sain. Curieusement, je n'entends aucun vrombissement de moteur autour de moi ; je reste incrédule, toutes les voitures alentours sont à l'arrêt. La radio se met en marche, Ella improvise un scat des plus déments. Je tourne la tête vers la droite, ce n'est pas la radio, Ella est ici, au volant d'une vieille Ford américaine, modèle décapotable.

« Bah bah za zou, zou za zou zeï oh yeah ! »

Tout le monde semble s'être donné le mot pour profiter de la vue et du concert. Le soleil est splendide, projetant ses reflets sur une ville qui s'éveille, et les gens semblent détendus, heureux. Chacun a amené quelque chose à manger pour le petit-déjeuner. À vrai dire, les automobilistes ont enfin compris une chose ce matin : quitte à devoir attendre des heures sur le périph', autant faire connaissance avec ses concitoyens. Ce n'était pas sorcier mais il fallait y penser. Il n'y a plus un seul conducteur au volant, chacun boit son café en écoutant les déboires de l'autre. Personne n'assène de réponses toutes faites aux problèmes existentiels des autres, l'écoute semble être la solution idéale ce matin. L'as du klaxon semble s'être réconcilié avec la grand-mère sur laquelle il s'acharnait hier encore. Ils rient ensemble. La pauvre, elle ne savait pas qu'il existait plus de deux vitesses sur le levier de sa 306 GT TURBO. Les fumeurs roulent leur clope, la fument sans se presser. J'aperçois Irina sortant de sa voiture à quelques mètres, on ne se connaît pas encore (ne cherchez pas de cohérence, c'est mon rêve à moi.) Nos regards se croisent le temps d'un sourire, j'ai des tas de choses originales à lui dire et j'arrive à attirer son attention. Dans mon rêve, on ne cherche pas à cacher ses sentiments par des phrases futiles, on les sort spontanément et ça fonctionne :

« Excuse-moi mais cette fois-ci, je n'ai pas du tout envie de passer à côté de toi. Tu me plais énormément et il y a une chance sur dix que l'on s'entende bien alors autant la tenter. Normalement là je travaille au Mac Do mais ils trouveront vite quelqu'un pour me remplacer. Je n'ai pas de thune mais ça coûte rien de faire du stop, je crois dur comme fer qu'il existe encore des millions d'endroits non payants à visiter. Et je ne crois pas qu'on mettra Auchan en déficit si on y pique quelques trucs à manger. Pour la lecture, y a des bibliothèques aux quatre coins de la France. Et pour faire l'amour, ce ne sera jamais au même endroit, le rêve d'un million de couples. Si tu disposes de quelques milliards de secondes devant toi... on est partis... »

Puis, dans mon rêve, tout le monde se remet tranquillement en route en se saluant, pour arriver au travail à la même heure que si l'on s'était énervé. Quant à Irina et moi, nous voilà partis sur les départementales de France. À demain matin mes chers concitoyens...

Seulement, je rêve un peu là. D'une part je me sens seul à lancer des fusées SOS sur le toit de mon immeuble, Mary Jane est souvent à mes côtés mais elle ne m'est pas d'un grand secours, et y a jamais eu un hélico pour me venir en aide. D'autre part si je veux partir de chez moi, il faudra bien que je trouve un boulot. Les diplômes, je n'en ai pas, alors je n'irai pas plus loin que le Mac Do, retour à la case départ, quarante ans de prison.

J'ai comme l'impression de subir la pression, d'être au milieu d'un puissant tourbillon. Je suis un maigre poisson inoffensif bringuebalant entre les requins du monde du travail, et la reine mère des tortues, celle qui couve son petit dernier, jusqu'à l'étouffer. Je l'aime ma mère, j'ai un énorme respect pour elle… Mais je veux pouvoir m'assumer seul, ne plus la voir s'inquiéter pour moi au quotidien, ne plus l'entendre m'appeler *« Chéri »*, penser à elle de loin pour mieux la retrouver de près. Elle est mère au foyer, moi branleur au foyer, alors on fréquente souvent les mêmes lieux. L'appartement dans lequel nous vivons est exigu, et nous sommes toujours à moins de dix mètres de distance.

J'ai soif, je cherche à irriguer le désert qui habite mon cerveau. Pour l'instant, y a pas l'ombre d'une oasis à la ronde ; moi, je cherche à planter quelques arbres sur mon chemin. Pas d'énormes baobabs au tronc infini, juste pouvoir observer quelques bourgeons qui éclosent, ça me suffirait. Je veux voir du pays, donner de ma personne et apprendre des autres, c'est déjà un gros projet. Je veux mourir riche, mais pas riche de thune à ne plus savoir quoi en faire, mourir riche de rencontres. Que chacun cultive ses propres bourgeons. Nous verrons alors apparaître une végétation luxuriante, et le désert de nos âmes asséchées fera place à une jungle abondante qui abolira la loi de la solitude.

Tunisie

Tunisie, peu de souvenirs me viennent à l'esprit au sujet du pays d'origine de mon père. Je n'y ai jamais vécu mais je le sens malgré tout me parcourir les veines. J'appartiens à la catégorie de ces enfants d'immigrés qui ne savent pas se positionner entre leur culture d'origine et la culture du pays où ils sont nés. De mère française et de père tunisien, je suis issu un peu des deux, pourtant je n'appartiens ni à l'une ni à l'autre. Trop bronzé pour être considéré comme Français par certains concitoyens de mon pays aux couleurs bleu blanc rouge. Le cul trop blanc pour être considéré comme tunisien en Tunisie. En France, je me sens français mais me revendique aussi tunisien ; schizophrénie identitaire subie, cette pathologie me sied assez bien.

Je suis d'origine tunisienne mais pas de confession musulmane. Je n'ai pas vécu en Tunisie. Des souvenirs d'été marqués au fer rouge, voilà ce qui m'en reste. Souvenirs qui m'ont en partie sculpté ; d'une famille proche et unie, étroitement liée. D'un père au sourire radieux qui marchait tout droit sur le chemin de ses vingt ans en compagnie de sa femme, de ses trois enfants. Pour lui, ce n'était pas seulement un simple aller-retour en camionnette sur la route de Tunis, ça représentait bien plus que ça. L'opportunité, la chance de se rapprocher de ses premiers pas ; le moment de l'année qu'il convoitait le plus, haletant d'impatience, tel un gamin surexcité qui n'a en tête que de déballer ses jouets déposés au pied du sapin et pour qui il est devenu impossible de patienter. Je le vois aussi bien qu'hier, la banane sur ses lèvres qu'il transmettait à toute la famille comme un chef d'orchestre survolté. Rayonnant mon père qu'il était. Je la sens encore, l'odeur de la camionnette. Je vois encore le paysage défiler dans ma tête, passer du gris au vert et du vert au jaune, et je les vois encore heureux mes parents. Ça fait six ans que je n'y ai pas mis les pieds et repenser à ces moments passés en famille me plonge dans une complète nostalgie.

Seulement, on n'a pas toujours le choix de vivre un présent à son goût, le mot choix est presque devenu un luxe, un mot interdit à la casa. Je la vois bien l'amertume, la mélancolie briller dans les yeux de mon père parce qu'on n'a pas de thune. Lui aussi il la sent encore l'odeur de la camionnette, il le voit encore le paysage défiler dans sa tête, mais il n'en parle jamais. Il ne gagne pas suffisamment sa vie pour nous y emmener chaque année, quant à moi j'ai intérêt à me remuer, je serai fier de pouvoir un jour les aider. Il doit économiser longtemps, un sablier géant posé sur la paume de sa main, crispée par la frustration. Nous risquons d'attendre encore un moment avant de la sentir à nouveau l'odeur de la camionnette ; Tunis immobilise-toi s'te plait, mets-toi en veille et attends-nous ville de lumière. J'aimerais lui dire un jour que c'était bien tout ça, que je m'en souviens aussi bien qu'un vieux chef-d'œuvre filmé au super huit, mais on ne se parle plus trop, alors je continuerai à voir ses yeux briller d'amertume et je garderai mes souvenirs pour moi.

J'avais quatorze ans lorsqu'il nous y emmena pour la dernière fois, mes sœurs, ma mère, et moi. Je n'y suis allé que cinq fois au total, enfin, jusqu'à présent, j'espère ne pas poser trop tôt les pieds dans une boite en ébène. Flashs de complicité familiale qui me reviennent en mémoire. Tranches de vie sous un soleil brûlant et qui entrent sans frapper, qui franchissent avec vigueur la porte de mes souvenirs. Aussi loin que je puisse creuser, je devais avoir cinq ou six ans ; mais tout reste confus, comme un puzzle en désordre, fragments de souvenirs qui ont pris de la valeur avec le temps. Durant des heures, je m'amusais avec la « *Zerboute* », ou le jouet des pauvres, dans les ruelles sablonneuses du village natal de ma grand-mère ; je ne me lassais pas de faire tourner et d'observer cette vieille toupie en bois. Nous nous comprenions à moitié avec mes cousins, je ne maîtrise qu'à moitié l'arabe, et j'aurais aimé me rapprocher des rires qui retentissaient avec échos dans tout le village, sous l'œil affairé mais néanmoins attentif des aînées qui s'attelaient aux repas ou à l'artisanat dans les cours poussiéreuses des maisons ; Tunisie, pays bricolé de riches misères et d'assemblages astucieux, le mot gâchis n'existe pas ici. Dès le soleil levé, il fallait le plus souvent trouver un coin d'ombre, elle se montrait timide, alors nous ne jouions jamais très loin des maisons immaculées aux murs couleur crème, nous laissant une parcelle ombragée pour vaquer à nos innocentes occupations.

Un jour, mon père voulut nous faire découvrir le sud de la Tunisie. Il en parla à notre voisin boulanger, non pas pour savoir si ce dernier connaissait des gens dans le sud pour y crécher, mais juste comme ça, histoire de causer, comme un client peut causer à son voisin boulanger. Seulement en milieu rural, l'hospitalité tend la main au voisin inconnu. Ça te ferait plaisir de découvrir le sud ? À toi et à ta famille ? Que ton vœu soit exaucé. Le boulanger dit à mon père qu'il avait un cousin dans le sud, qu'il ne pouvait en aucun cas passer dans le coin sans y faire un détour. Il fit même plus, prévint son cousin de notre arrivée imminente, et ce fût pour nous le commencement d'une belle aventure. C'est ainsi que nous fûmes accueilli à bras ouverts dans la maison d'Aziz, et sa petite famille. Nous étions presque gênés tant ils étaient aux petits soins pour nous. Non pas qu'ils cherchaient volontairement à nous laisser un souvenir impérissable du sud en guise de présent, mais ce fût pourtant le cas.

Aziz était volubile, le regard espiègle et un air jovial qui lui collait à la peau. Une fine moustache parfaitement taillée était posée sur sa lèvre supérieure et riait simultanément avec lui, on aurait dit qu'elle grandissait lorsqu'elle venait parfaitement épouser la forme de son sourire. Il était petit et costaud. Un fin négociateur en petites affaires, petits commerces et systèmes de troc qui lui permettaient de joindre les deux bouts. À ce sujet, il avait toujours une anecdote à raconter à mon père qui l'écoutait avec attention et partageait son enthousiasme avec passion.

Fin de semaine, nous nous levâmes à l'aurore pour aller pêcher avec lui sur la petite plage de Zarzis. Aziz était menuisier mais la pêche en mer était un bon moyen pour lui d'arrondir ses fins de mois. Un certain nombre d'hommes de cette région partagent la même activité, cette virée matinale constitue un moment convivial de partage pour chacun d'entre eux. Le samedi arrivé, ils se retrouvent à l'aube sur cette plage et s'attendent tous, ils échangent quelques brefs conseils et se mettent rapidement à l'œuvre. Je me souviens de ces quelques barques amarrées près de la berge, et qui s'entrechoquaient comme des dominos lorsque la mer était agitée, ces coques aux couleurs pastel, fades, aux insignes effacées par un sel trop agressif pour qu'elles puissent garder l'éclat du premier coup de peinture. Mais ce caractère désuet leur donnait tout leur charme. Elles avaient vécu, ces barques, et on en prenait soin. Mon moment favori était celui où Aziz me laissait le privilège de détacher la corde qui retenait la barque à la rive. Je m'amusais à fixer l'horizon quelques minutes, puis à jeter un coup d'œil vers la plage restée déserte et qui apparaissait de plus en plus petite, comme un banc de sable délaissé. Puis, plus rien. J'étais attentif à la mélodie berçante et régulière des rames qui caressaient l'eau telles un métronome aquatique. La barque chaloupée par une légère houle m'hypnotisait et j'avais l'impression de ne faire qu'un avec la mer. Nous échangions peu de mots lors de ce voyage car la mer nous plongeait dans nos pensées. Nous ramions à tour de rôle. Elle avait cette capacité à nous apaiser, à nous emmener vers nos plus profondes pensées. Elle nous projetait loin, nous offrant un embarquement gratuit vers nos rêves les plus enfouis. Chacun avait son rôle et nous n'éprouvions pas le besoin de parler pour nous coordonner. Aziz s'occupait d'étendre correctement les filets afin d'éviter de faire des nœuds et les lançait ensuite avec vigueur pour qu'ils s'étalent sur l'eau comme on déploie une nappe sur une table de couleur bleue, immaculée. Tout se faisait à la main. Ainsi, nous n'étions pas trop de trois pour remonter les filets une fois les poissons capturés. Enfin, c'était l'heure du tri entre ceux que nous gardions et ceux que nous épargnions cette fois-ci, les sauvant d'un barbecue impitoyable pour leurs trop minuscules nageoires.

Ce n'était pas grand-chose mais je me sentais quelqu'un. Du haut de mes quatorze ans, je sentais en moi la responsabilité de ramener l'équipage en vie, et, de retour au village, j'étais fier de brandir ces nombreux trophées gigotant encore et qui nous glissaient entre les doigts. Je me sentais quelqu'un devant les admiratrices qui nous observaient sur la place. Surtout devant Farida, la fille d'Aziz avec qui j'échangeais des regards dérobés, sans que nous nous adressions la parole pour autant. Dehors, elle n'était jamais seule, toujours entourée de ses amies toutes amplement vêtues malgré la forte chaleur qui régnait. Je me promenais souvent dans le village sans but particulier avec l'espoir permanent de la croiser alentour. Et lorsque c'était le cas, le village n'étant pas bien grand, j'étais obligé de me faire violence pour ne pas la fixer trop longtemps afin de ne pas franchir la frontière symbolique qui nous séparait, filles et garçons. J'aurai donné ma maigre richesse pour entendre ce qu'elles se disaient entre elles en pouffant toutes les trois secondes. Farida avait la peau lisse, bronzée, comme la peau d'une pêche arrivant à l'aube de sa maturité, de grands yeux noirs expressifs, et le moindre mouvement qu'elle exécutait était toujours emprunt de grâce. À force de l'observer, j'avais peur d'éveiller les soupçons de mes sœurs, elles pouvaient être moqueuses à leur âge, j'étais le plus jeune. Et j'avais peur d'éveiller les soupçons de qui que ce soit, les traditions étant toujours fortement ancrées dans les petits villages de Tunisie. Les jours passant, j'avais l'impression que l'on m'arrachait une vertèbre chaque matin au lever face à l'échéance de notre retour en France.

Ce n'est que plus tard que je versai quelques larmes, dans la camionnette. Mes sœurs dormaient et il faisait trop sombre pour que quelqu'un puisse me voir. Tant pis, je ne connaissais pas encore Ella Fitzgerald à l'époque, et je n'avais personne à côté de moi pour me consoler. Je versai quelques larmes face au souvenir des barques qui s'entrechoquaient, je versai quelques larmes en pensant à Farida que je ne reverrais peut-être plus jamais, et je versai quelques larmes sachant que nous nous rapprochions à grands pas de Beuvrages. Ces vacances ont marqué ma jeunesse. Souvenirs devenus impérissables.

Trace Walid, trace !

- Walid…Waliiiddd…réveille-toi…réveille-toi…vite !!!
La voix de ma mère fait irruption en plein cœur d'un rêve profond, venant me tirer au dehors d'une marée d'illusions nocturnes. J'ai trop peu dormi. Elle me secoue le bras tandis que je sors doucement de mon anesthésie, que j'ouvre un œil et que je me lamente d'une voix gémissante et à moitié endormie.
- Hein, quoi ??!! Qu'est-ce qui s'passe ??!!
Face à moi, elle ne tient pas en place. Tout comme si elle était soudainement prise par une terrible envie de pisser, elle se dandine sur elle-même, haletante.
- Waliiiddd… c'est l'même Monsieur qu'avant-hier qu'attend au téléphone… c'lui des vendanges… dépêche toi d'répondre ou y risque de raccrocher !!!

À l'accoutumée, ma mère aurait plutôt tendance à mener une vie routinière, doucement rythmée par les petites vicissitudes marquant chaque chapitre de son humble existence. Aujourd'hui, c'est comme si elle découvrait un énorme bouquet d'émotions entremêlées soudainement posé sur son chemin tout tracé. Toute perturbée, on dirait qu'elle tremble, tandis qu'une lueur d'espoir brille à nouveau dans ses yeux, à la fois humides et opaques. Elle éprouve manifestement de la difficulté à contrôler ses émotions, vives, pénétrantes. Ma mère, ma chère mère, celle qui, sans toujours me comprendre, désire tellement que je m'en sorte, et espère tellement me voir sourire, heureux et la tête haute.

- Walid !!! Bon sang tu vas t'lever… c'est l'Monsieur des vendanges qu'attend au téléphone… Y dit qu'y a eu un désistement et qu'y a besoin d'un gars…

J'ouvre grand les yeux et la fixe d'un regard quelque peu affolé. D'un geste franc et déterminé, je retire la couverture posée sur mon corps encore engourdi avant de sortir en trombe de mon lit. C'est comme si on m'avait jeté un seau d'eau froide en plein visage, je réalise l'enjeu qui plane là, non loin dans la brume, quasiment à ma portée : décrocher ce poste saisonnier et prendre le large.

D'habitude, il me faut bien dix minutes à un quart d'heure pour émerger. Assis au bord de mon lit, le menton fixé sur mon poing gauche, je bloque... sur mes pieds, compte les poils hirsutes sur chacun de mes orteils, observe mes ongles l'un après l'autre en me demandant s'ils ont poussé pendant la nuit, de combien de millimètres, constate que je dépasse un peu trop souvent la DLC (date limite de coupe.) Je scotche... sur le morceau de linoléum au pied de mon lit... je crée des visages, des animaux imaginaires cachés dans ses motifs ; le plus souvent, ce sont les mêmes que je retrouve, un renard, une tête de clown triste. Je déteste les clowns, profondément. Réveil d'un escargot au quotidien, voilà donc ce qui arrive lorsque l'on fume trop de pétards.

Malheureusement, je n'ai pas eu la chance d'avoir une vie sociale très développée jusqu'ici, et Mary Jane n'est pas une vraie amie, j'en suis convaincu. Ce n'est pas elle qui m'aidera à sortir de ma chambre, à rencontrer des gens, à entreprendre un avenir constructif. Seulement, elle sait y faire celle-là, avec ses yeux qui crient *« Je t'aime »* et sa bouche qui fait la moue, je la trouve irrésistible. Avec tout ça, elle est un peu jalouse, pour sûr elle ne m'aidera pas à développer ma vie sociale. Un jour, je suis parti me balader quelques heures en l'oubliant volontairement sous mon matelas, histoire de profiter du beau temps, l'esprit sain, reposé. Crise de larmes dès mon retour :

« Ne me fais plus jamais ça !!! T'étais où encore ? Pourquoi tu cherches tout le temps à prendre l'air, à vouloir rencontrer des gens ? Tu veux m'oublier c'est ça ? Je ne te suffis plus ? On n'est pas bien ensemble rien qu'à deux ? Pourquoi as-tu besoin des autres pour vivre ? Tu veux toujours me contrarier !!! »

Et là je craque à tous les coups, elle m'assaille de son éternel regard chagrin et je la roule dans sa petite couette de papier blanc pour mieux la consoler, le cérémonial peut enfin commencer. Du bout de ma langue, j'humecte délicatement la feuille de gauche à droite et Mary Jane me sourit, nous sommes seuls au monde, elle se sent conquise à nouveau, à la bonne heure. Elle vit un moment exquis lorsqu'elle entend le craquement de l'allumette, qu'elle voit la flamme s'approcher d'elle, le brasier crépite doucement, la voilà qui pénètre vivement mon corps. Elle plonge dans ma piscine intérieure, se lance vers l'inconnu, effrontée et téméraire, mais surtout belle et élancée, délicieuse. Mystique extase lorsqu'elle atteint les profondeurs de mon âme et s'unit avec mon sang, elle me parcourt, ouvre les vannes de mon imagination, glisse sur une succession de pensées, d'images désordonnées et sans liens. Elle prend son pied la coquine, danse la valse avec mes rêves les plus fous, les plus enfouis, nous rions ensemble, complices éphémères. Elle écrase et dissimule un instant mes angoisses, pour mieux les laisser frapper ensuite.

Puis, l'instant d'après, plus rien !

Son charme se dissipe, elle ne m'anime plus, je suis fatigué, j'ai mal au crâne. Nous redevenons étrangers l'un et l'autre, les éternels non-dits s'accumulent, l'hypocrisie reprend le dessus. Je panique quand elle n'est pas là et que je dois aller la chercher aux quatre coins de la ville, elle se fait désirer, je suis convaincu qu'elle me trompe ! Elle me dégoûte, je la déteste ! Mais comme je l'aime, je la retrouve. Je la roule à nouveau dans sa petite couette de papier blanc, et le cérémonial recommence...

Elle essaie de m'embobiner la garce ! Et moi je la crois, naïf comme je suis ! C'est facile de me poser en tant que victime, tellement plus facile de rester cloîtré dans sa chambre, de critiquer le monde sans jamais y avoir trempé le pied, en racontant ses petites misères à Mary Jane.

Il faut que l'on parle ! L'heure est grave ! Il est temps que l'on mette un terme à notre relation, tu ne me feras pas croire en la pauvreté de l'humanité, tu m'as trop longtemps menti et je me suis réfugié en ta verte demeure. Mais j'ai envie de rencontrer des gens, de faire bouger ma carcasse, de sortir de mon antre, de retrouver le goût et la force de mener des conversations, même avec ceux dont je ne partage pas l'avis.

 « *Tu délires complètement Walid ! Tu me fais rire et pitié à la fois. Tu cherches à trouver un coupable au sujet de ton manque de relations sociales, alors que tu en es le seul et unique responsable. Je suis juste là pour t'épauler, pour t'écouter, pour t'aider à t'évader, rien de plus. Mais apparemment, tu me considères comme la méchante, tu me pointes du doigt comme responsable de ton échec. Walid, pauvre chouchou, charmante petite victime, lâche incompris. Je ne suis pas la jalouse que tu t'obstines à voir. J'aimerais que tu sortes plus souvent, que tu rencontres des gens avec qui partager de bons moments, que tu construises ta vie. Les livres ne remplacent pas les humains Walid. Tu es perché dans un arbre dans lequel les branches sont tes auteurs favoris, et les feuilles leurs idées. Tu sembles tant les respecter ces feuilles, tu les caresses, mais tu oublies que les racines de l'arbre sont au sol, et que les gens vivent sur terre, pas dans les arbres. Tu dialogues avec les branches, vous essayez en vain de décrocher les nuages, mais les branches ne remplaceront jamais les interactions humaines. Tu lis beaucoup Walid, et puises beaucoup d'énergie, d'inspiration dans tes romans, mais tu ne parles à personne. Tu vis dans le passé, plus de la moitié de tes auteurs favoris sont déjà morts. Je ne te dis pas de poser les deux pieds sur le sol Walid, mais poses-en un, au moins le gros orteil, redescends un peu de ton arbre. Il y a des tas de bonnes gens à rencontrer sur la terre ferme, cesse donc de te plaindre et cours vite à leur rencontre, ne perds pas ton temps! Du haut de ton arbre, arrête de scruter l'horizon en espérant l'arrivée du printemps, redescends et construis-le, ou tu risqueras de ne jamais le voir. De même, je ne suis pas humaine Walid, tu peux me consommer quand tu veux, mais tu ferais mieux de me partager avec les humains. Sur ce, je te quitte Walid, plus d'une personne a besoin de mes vertus pour aller se percher dans les arbres. Tu crois que j'ai besoin de toi pour vivre, tu te trompes, je suis indépendante, libre comme l'air, c'est toi qui ne peux plus te passer de moi. À un de ces jours Walid, tu me rappelleras vite.* »

Je me rue vers le hall d'entrée, empoigne le téléphone resté décroché, en fais dégringoler la photo, j'ai perdu l'habitude de ce type de réveil. Je presse le combiné sur mon oreille, me mettant presque un coup, tandis que je me fais foudroyer par la sonnerie d'une ligne occupée. Le vieux a raccroché.

Pourtant, je garde mon sang-froid, cela ne peut pas se terminer ainsi. Je me sens déterminé, davantage en confiance et soutenu par la nette impression que cette annonce découpée par ma mère constitue les prémices d'un carrefour qui se profile. Ça y est, là est peut-être venu mon tour, assis sur une vieille valise, Crossroad Blues…me voici…enfin, je trouve cette image amusante. Pour rien au monde je ne laisserais passer cette chance qui me pend au nez, cette veine de chanter *« bye bye, baby bye bye »* à cette grisaille. Sur ce coup, ma mère a été un génie ; je me dois d'exploiter jusqu'au bout cette intuition qui l'a portée. Elle constitue le soufre de l'allumette, moi le grattoir ; à présent vient mon tour d'entraîner une véritable combustion.

- Merde… il a raccroché !!! dis-je à ma mère sur un ton énervé.

D'un geste vif, je repose le combiné sur son socle, agacé. Elle se tient à mes côtés, un regard inquiet figé sur son visage blême, appréhendant fortement ma réaction, comme si elle craignait de revivre ce lourd épisode de l'avant-veille. Sauf que cette nuit, j'ai grandi. La pauvre, elle n'est pas complètement remise et a besoin d'être ménagée. Je lui esquisse un sourire, ce qui décrispe quelque peu les muscles de son visage avant qu'elle ne s'empresse de rejoindre la cuisine au plus vite pour remettre la main sur cette foutue annonce. Elle trotte d'un pas saccadé, claudiquant à cause d'une hanche qui la fait souffrir depuis trop longtemps tandis que je la suis comme une ombre. Torse nu et en caleçon, je me masse le crâne avec énergie du bout des doigts pour me faciliter un peu le réveil et me permettre d'émerger. Ma mère serait capable de retrouver un mouchoir de poche rangé par ses soins quelques années plus tôt dans une forêt de plusieurs hectares, cela lui prend à peine trois secondes pour sortir l'annonce d'un des quatre tiroirs du buffet en formica posé là depuis toujours.

- Elle est tout d'même utile ta vieille mère, heureusement qu'elle range tout et qu'elle est bien organisée... Qu'est-ce que tu f'rais sans elle ?! Hein ?! s'auto-complimente-t-elle d'un ton goguenard.

- Maman, c'est pas l'moment d'rire, donne, vite...

Mes mots sont chargés de bienveillance et je lui pique l'annonce des mains avant de me ruer vers le téléphone tel un fauve qui s'abattrait sur sa proie. L'air grave, je compose le numéro. De l'autre côté du combiné, plusieurs sonneries me semblent durer une éternité et je rassemble toute mon énergie, espérant de tout cœur que le vieux décrochera. Décroche, décroche bon sang ! Ce qu'il fait au bout d'une trop longue minute.

- OUI ??!!

Il faut s'imposer, faire preuve de conviction face à cette voix intimidante, dure, ce ton grave au caractère de roc. Pas forcément évident lorsque l'on s'est gravement délié socialement, depuis plusieurs années, comme un vieux pull en laine qui laisserait apparaître des trous aussi gros que des brûlures de cigarette. Ouais, à ce moment de l'histoire...je dois avoir la voix qui bégaye et l'apparence d'une guimauve face à l'inconnu qui m'attend. Pourtant, je n'ai pas le choix, l'aboutissement de cette conversation constituera certainement mon titre de transport pour une aventure nouvelle. Je rassemble alors mes maigres forces pour donner une impression de confiance et paraître convaincant.

- Oui... euhhh... bonjour Monsieur... vous venez d'appeler à l'instant... vous devez certainement avoir eu un désistement pour les vendanges et je suis vraiment très intéressé par cette annonce... ! réussis-je à pondre en un bloc.

- Ah bon ?! C'est pas trop tôt ! rétorque-t-il, laconique et quelque peu ironique.

De l'ironie, ce n'est pas ce dont j'ai vraiment besoin. J'ai les tempes qui battent et le début d'une suée.

- Vous étiez où qu'j'ai attendu une plombe au bout du fil ?! insiste-t-il méfiant et avec un accent à couper au couteau.

- J'étais aux toilettes Monsieur veuillez m'excuser…

(Putain Walid MERDE t'aurais pas pu trouver une autre pièce ??!! J'étais à la cave, j'étais sous la douche, j'étais dans l'jardin… même si on n'a pas d'jardin !!!)

- Oui bon enfin bref… abrége-t-il cherchant à atteindre son but au plus vite… Oui on a un couillon qui s'est encore désisté à la dernière minute… comme chaque année y a plus rien qui m'surprend d'toute manière vous savez… ajoute-t-il agacé.

- Euhh… la place est encore libre alors ?! Vous avez besoin de quelqu'un si j'comprends bien… ? dis-je un peu hébété, ce n'est pas de la conviction ça peut-être ?!!

- BON… OUI !!! Mais va falloir faire vite… renchérit cette même voix bourrue, lassée.

Étrangement, c'est à une tasse de café chaude et fumante que je pense à ce moment-là, ce qui réussit à me mettre un peu en confiance, allez donc savoir pourquoi ? Je la vois comme une récompense après cet appel qui me demande de reconstituer un puzzle de mille pièces au décompte oppressant d'un sablier, je comprends mieux pourquoi j'ai mal au crâne.

- D'accord Monsieur… je prends la place… répondé-je comme un automate mal réglé et comme si les mots que je prononçais ne sortaient pas de ma bouche mais de celle d'une autre personne. Si vous me prenez… je devrais commencer quand ?

- Les vendanges commencent demain, vous appelez d'où ?

- J'appelle du Nord de la France, de la région d'Valenciennes… mais j'suis prêt à prendre le premier train en partance pour votre coin… vous pouvez compter sur moi.

Ma mère se tient là, statufiée face à moi, clouée à mes lèvres comme sur le chapitre d'un roman pour lequel elle se serait passionnée. Elle ne manque pas un mot de la conversation. À la fois émue inquiète et impatiente, elle joint ses deux mains en un geste de prière, réunies toutes deux vers sa poitrine, comme si elle priait de toutes ses forces et qu'elle voulait me transmettre tout son courage, son énergie. Quant à mon père, c'est dans leur chambre qu'il dort, en tendant un peu l'oreille on peut l'entendre ronfler, épuisé par sa longue nuit passée à la station-service.

C'est après un petit temps de réflexion que le vieux reprend :
- J'y vois pas d'inconvénient du moment qu'vous êtes sérieux et pis ponctuel... et pis qu'vous bossez bien... On dit qu'c'est des bosseurs les gens du Nord... pas vrai ?! plaisante-t-il soudain. Alors renseignez-vous vite sur les horaires des trains et rapp'lez moi aussitôt... et traînez pas... sinon j'appellerai quelqu'un d'autre... y a encore du monde sur la liste... précise-t-il afin de m'intimider. Pour un bien faudrait qu'vous commenciez dès demain... avec le reste de l'équipe, sinon, ce s'ra avec un jour de retard... et j'préfère vous prév'nir tout d'suite j'rembours'rai pas l'billet d'train ça reste à vos frais... conclut-t-il catégorique.
- Non non j'vous rassure... j'ai bien compris qu'le voyage est pour moi... tout est ok... enregistré... c'est bien d'accord, j'me renseigne et vous rappelle tout d'suite.

Le patron est aussi agréable qu'une portière de camion. Imprévisible, il parait loin d'être commode ; directif à souhait, il semble diriger sa barque d'une main de fer. Mais de tout ça, je m'en fous à moitié, et dans sa barque, j'ai quand même envie d'y foutre un pied, pour voir autre chose, enfin, changer d'air, coûte que coûte, alors je la joue profil bas, afin de lever l'ancre au plus vite.
- J'espère qu'z'êtes bien au courant qu'c'est un travail difficile... si vous avez jamais fait les vendanges, besoin d'zigues courageux moi.
- Bien sûr Monsieur, vous pouvez compter sur moi... vraiment... j'vous rappelle dans la matinée.
Mon ton affirmé me surprend moi-même.
- Très bien alors... cherchez un billet d'train pour la gare de Villefranche sur Saône... et j'viendrai vous y prendre.

- Un grand merci Monsieur, conclus-je reconnaissant, la tête déjà bourrée d'images nouvelles, mais le cerveau et le bide à moitié en vrac, par quoi vais-je bien pouvoir commencer ?

Je raccroche le téléphone sur son socle et remarque que je tremble. La première chose qui me vient à l'esprit est d'étreindre ma mère, ce que je fais. J'en ressens le plus vif besoin et je la serre fort. Les larmes me montent à nouveau aux yeux tandis que je lui caresse la nuque avec tendresse. Au cours de cet instant privilégié qui nous réunit elle et moi, nous n'échangeons pas un mot. Puis nous relâchons notre étreinte et je lui souris. Quitter Beuvrages un moment est devenu d'une importance capitale à mes yeux, et tout ça, elle le sait.
- M'man, j'ai pas d'temps à perdre, faut qu'je joigne Samia tout d'suite pour savoir si elle peut m'prêter l'argent pour le train !

Je suis tout excité, avec les idées sans dessus dessous. Je tente d'y faire régner un peu d'ordre tout en composant le numéro de ma sœur, la plus âgée des deux, infirmière au centre hospitalier de Valenciennes. La sonnerie de son téléphone portable retentit tandis que je prie pour qu'elle ne travaille pas en ce lundi.
- Salut mon frère… quoi d'neuf ???
Elle décroche… putain… y a une justice !

C'est en baragouinant que je lui explique la situation. En effet, les mots que je prononce trottent deux fois plus vite que mes idées. C'est rapidement qu'il faut agir, un jour de plus et le tout sera tombé tel un vulgaire château de cartes à deux doigts d'aboutir à son sommet.
« *Beuvrages ferme, tant pis, ou tant mieux, j'irai ailleurs !* »
Ces quelques mots résonnent dans ma tête avec un écho amplifié par la panique.
- Et bin mon frère… y va y avoir un peu d'changement ??!! C'est bien ça !!! s'exclame ma sœur Samia, enjouée. V'là ti pas qu'mon p'tit Walid y va signer un contrat !!! Faudra qu'tu l'mettes

dans un cadre… et pis qu'on t'prenne en photo à côté hein ? me taquine-t-elle.

- Très drôle Sam… j'apprécie énormément ton sens de l'humour… décapant... lui lancé-je ironique et adoptant le même ton qu'elle en sautant à pieds joints dans son jeu, je suis de bonne humeur.

Revêtant le plus souvent son costume de grande sœur, Samia a toujours pris beaucoup de plaisir à me taquiner.

- Tu peux r'mercier M'man… sans elle tu s'rais resté à Beuvrages… toi qui a toujours eu la bougeotte…

Constance, spontanéité, capacité d'adaptation, voici trois qualités qui siéent parfaitement à la personnalité de Samia. Sa constance, elle a dû hériter ça de notre mère, tout comme sa spontanéité. Quant à sa capacité d'adaptation, c'est toute seule qu'elle se l'est forgée ; cinq années plus âgée que ma sœur Najète et dix de plus que moi, elle s'est rapidement vue attribuer diverses tâches déléguées par notre mère et auxquelles elle a toujours su s'adapter, pour sûr elle a grandi plus vite que Najète et moi. C'est une personne entière, altruiste et sans cesse à l'écoute des autres, néanmoins elle est dotée d'une capacité de relativisation qui lui donne du recul face au monde qui nous entoure, comme si elle portait en continu un K-way qui la protégerait d'une épouvantable averse. Du patient au chirurgien, à l'hôpital, elle s'adapte à son interlocuteur. De son mari à leurs deux enfants, à la maison, elle s'adapte, trouve toujours les bons mots, fait en sorte que les choses se déroulent bien, partout, c'est ainsi qu'elle s'accroche à la vie et à tous ses branchages, sans jamais les casser.

Une fois la situation entendue et comprise par Samia, elle ne manque pas de prendre le taureau par les cornes, comme à l'accoutumée. Au plus vite, elle compte se rendre à la gare de Valenciennes, s'y renseigner et y acheter le premier billet qu'elle y trouvera.

- Pendant c'temps-là, tu t'dépêches de boucler ton sac ! m'ordonne-t-elle. Elle a déjà pris le contrôle de la situation.

- Merci Sam... j'te dois une fière chandelle et j'te rembourse le plus...
- Tais toi ! C'est bon... on verra ça plus tard... y a rien d'urgent ! J'te rappelle.

Déjà, je raccroche plus serein et me sens soutenu ; reconnaissant envers ma famille, je ne suis pas tout seul.

Qu'est-ce que je vais bien pouvoir mettre dans mon sac ? Merde...je suis perché et manque de suite dans les idées...déjà...où je peux bien mettre la main sur un sac ici ? Les réflexes de ma mère semblent bien plus aiguisés que les miens. Elle disparaît un instant avant de revenir avec un sac paraissant parfaitement adapté à la situation, le pose sur mon lit tandis qu'elle commence à me donner des conseils sur les affaires indispensables à embarquer, d'une manière instinctive.

- Walid... y faudra qu'tu t'prennes plusieurs pantalons... y risquent d'être vite crados... à genoux... toute la journée... tu risques de les dégueulasser ! Elle est très concentrée.
- M'man enfin ! J'ai plus dix ans !

Je suis peu convaincu par mes propos. En effet, il me semble qu'un trou de dix ans s'est tout d'un coup formé dans l'espace-temps, et tout au fond de moi, je suis bien content qu'elle me file un coup de main. À la hâte mais redoublant malgré tout d'efficacité, nous bouclons rapidement mon sac sans même que je réfléchisse à ce que j'emporte avec moi. J'ai la tête ailleurs, dans les nuages, et je m'en fous un peu pour dire toute la vérité. Deux ou trois vieux pulls, deux ou trois vieux futals feront parfaitement l'affaire. Je suis bien davantage concentré sur ce que je laisse derrière moi, sur ce que je n'emporte pas avec moi. Beuvrages, ces immeubles, cette grisaille. Et je mets entre parenthèses et pour quelque temps ce manque de perspectives.

J'ai comme l'intuition de partir pour longtemps. Dans ce p'tit sac, je fous un bon vieux coup de pied à ma cité, sans l'oublier, en la respectant, mais sans la regretter. Et dans ma poche trop étroite, j'emporte avec moi un nouveau départ, ni plus ni moins. J'y glisse un nouveau jour, le jour zéro. Ce voyage doit initialement durer deux semaines, mais je suis déjà sûr qu'il va me chambouler la tête. À bientôt ma mille-fa, à bientôt Madame Gajda, à bientôt Farid, à bientôt Dédé, à bientôt mère misère. De la misère, je vais certainement en croiser ailleurs, seulement, l'idée d'en changer un peu me réjouit déjà d'avance.

La sonnerie du téléphone se remet à retentir, stridente cette sonnerie, c'est certainement Samia, en alerte pour la suite du programme.
- Walid... T'es prêt j'espère... ??!! J'ai ton billet entre les mains... ton train part dans deux heures... j'passe te prendre tout d'suite... tu pars de Lille... j'te conduis directement à la gare... j'arrive !!! Tu arrives à vingt et une heures à Villefranche sur Saône.
Une puissante montée d'adrénaline s'empare de moi, et un nœud marin méticuleusement noué me serre l'estomac ; telles deux montgolfières, mes poumons se gonflent d'émotion... ça faisait longtemps... et ça fait du bien.
- Walid ??? Walid ???
Une succession d'images désordonnées tournoient au dessus de ma tête.
- Oui... oui... désolé j'suis là... pas d'soucis avec Maman on a préparé mon sac... j't'attends... j'te remercierai jamais ass...
- Pas d'quoi p'tit frère, j'arrive !!!

Je raccroche le combiné. Les évènements défilent à trop vive allure, et il faut que je rappelle le type des vendanges. J'ai peur, et comme pour tenter de la conjurer, je me sers un grand verre d'eau glacé que je fais couler du robinet de la cuisine et que j'enfile à grandes gorgées. Je me dirige vers notre salon, toujours vêtu de mon caleçon le plus banal, prends place sur le long canapé familial tapissé de rosaces et orné de motifs propres à la Tunisie, allume la télé sans même la regarder tout en zappant d'une manière frénétique. J'ai besoin d'une dizaine de minutes enfermé dans ma bulle afin de pouvoir faire le point. Puis, je prends mon courage à deux mains. Voyons, le vieux semble un peu bourru, mais ce n'est pas un monstre non plus ! C'est ce que j'essaye de me répéter, qu'il ne va sûrement pas me dévorer…et qu'une journée plus tôt, j'étais encore plongé dans une profonde léthargie, il ne pouvait rien m'arriver de pire, non, que du mieux. Cette fois-ci, on dirait qu'il se rue sur le combiné.

- Monsieur… j'arrive aujourd'hui… à 21h… gare de Villefranche sur Saône, lui dis-je fièrement… comme si c'était moi qui avais accompli tout le boulot, encore merci Samia.

- Bin vous avez filé… c'est bien…

Sa voix se rasérène quelque peu.

- J'passerai vous prendre à la gare alors, comment c'est qu'vous vous app'lez… que j'prépare une pancarte avec vot' nom…

Arrive le moment que je redoute plus que tout. Comme par anxiété, je me racle la gorge.

- Wa… Walid… Ben… Saïd… Monsieur… murmuré-je avec la plus grande appréhension.

Et ma crainte s'avère fondée :

- ÇA SONNE PAS BIEN FRANÇAIS TOUT ÇA !!! Z'êtes sûr qu'z'allez pas m'faire des conneries ???

Je suis soudainement pris d'une violente bouffée de chaleur, jusqu'à en ressentir de désagréables picotements à toutes les extrémités du corps. Tel un geyser, les larmes me montent aux yeux.

ELLA, BILLIE, j'vous en supplie… venez à ma rescousse… qu'est-ce que j'lui réponds à c'vieux CON… Le racisme est un acte de torture mes chères, il me prend aux tripes, m'angoisse, me fait peur… ??!!

« Southern trees bear a strange fruit, blood on the leaves and blood at the root, black body swinging in the Southern breeze, strange fruit hanging from the poplar trees… »[2]

---

[2] Les arbres du Sud portent un fruit étrange, du sang sur leurs feuilles et du sang sur leurs racines, des corps noirs qui se balancent dans la brise du Sud, un fruit étrange suspendu aux peupliers. Strange fruit/Billie Holiday.

De l'autre côté du combiné, le vieux ne mesure sans doute pas la violence de ses paroles. Ses mots sont plus tranchants qu'un couteau finement aiguisé, plus puissants qu'un vilain coup de poing. Cet homme m'infériorise, grosse baffe d'humiliation en pleine gueule. Ça fait mal, et il faut que je me soumette à cette pénible réalité.

ELLA, BILLIE, les mentalités ont trop peu évolué !

*« Pastoral scene of the gallant South, the bulging eyes and the twisted mouth, scent of magnolia sweet and fresh, then the sudden smell of burning flesh ! »*3

- Tais toi p'tit, t'emballes pas et montre lui qu't'es plus intelligent qu'ça !
- Et y faudrait pt'être que j'me mette à genoux et que j'réponde OUI AMEN à ce genre de réaction d'CUL TERREUX ??!!
- KEEP COOL... Walid... RESTE ZEN ; montre lui qu't'es un gars bien... il se sentira d'autant plus bête... ne confirmes surtout pas ses préjugés... On est d'tout cœur avec toi... réalité certainement différente de la notre BUT SAME SHIT p'tit ! Pas la dernière réflexion qu'tu encaisseras au cours de c'voyage on en a reçu d'plus belles BOY ! Mais sois plus malin qu'lui... n'oublie pas qu'ça reste la clé d'ton départ de n'pas l'envoyer bouler...

Contrarié, j'essaye de me tempérer en ravalant bien profond mon angoisse, boule finement tassée et pas des plus faciles à digérer, tandis que je médite quelques secondes.
- Je suis Français Monsieur !!! Je suis né en France !!! J'ai été éduqué en France...

---

3 Scène pastorale du vaillant Sud, les yeux révulsés et la bouche déformée, le parfum des magnolias doux et printanier, puis l'odeur soudaine de la chair qui brûle! Strange fruit/Billie Holiday.

Tout en restant poli, je hausse un peu la voix. C'est la meilleure des stratégies à adopter, marquer le coup sans pour autant fermer la porte à cet imminent départ.

- Oui… bon… enfin… bref… baragouine le vieux, quelque peu emmerdé… De toute manière, j'ai b'soin d'quelqu'un… fissa… alors on va pas épiloguer là d'ssus… comment c'est qu'ça s'écrit vot'nom ?

Je lui épelle distinctement tout en restant contrarié et méfiant, sa réflexion a pénétré tout mon être et s'y est collée comme un virus. Puis nous raccrochons.

Il est grand temps de réveiller mon père afin de lui expliquer à la hâte le déroulement de ces dernières vingt-quatre heures. Lorsque je franchis le seuil de la chambre des parents, il y règne une atmosphère sombre malgré les interstices d'un store noir qui laissent passer des raies de lumière donnant à ses murs un aspect zébré. Mon père dort toujours paisiblement et cela me fait de la peine de devoir le réveiller ; dos à moi et reposant sur son flanc gauche, il continue de ronfler en rythme, réglé comme une boite à musique.

- P'pa… P'PA… réveille-toi… PAPA !

Mes mots ne suffisent pas à le sortir d'un sommeil profond et je dois le secouer vigoureusement ; mon père dort toujours torse nu et à chaque fois, je m'étonne de voir autant de poils lui parcourir le dos, une véritable forêt noire. Tout comme ma mère, mon père est quelqu'un de vaillant et doté d'un certain embonpoint, ils ont tous deux un bon coup de fourchette et autant l'un que l'autre, ils apprécient l'art de la table.

- Hhmm… Qu'est-ce qui s'passe ?

Comme perturbé au beau milieu de sa nuit, il se retourne d'une manière abrupte.

- Walid… J'espère qu't'as une bonne raison d'me réveiller…

Tout en ouvrant les yeux, il maugrée. Trop pressé de tout lui raconter, je me marche encore sur les mots.

- Walid… doucement… fils… y a pas l'feu !

Mon père est quelqu'un qui aime savourer le temps et le presser représente pour lui un effort douloureux.
- Si Papa… y a l'feu !!! J'pars dans quelques minutes… mon sac est prêt… c'est Samia qui vient m'chercher !!!

Se forçant à bondir du lit pendant qu'il se frotte les yeux avec énergie, il prend conscience de la situation en m'écoutant avec attention. Il se dirige vers la cuisine, salue ma mère, se sert un café généreux et tapote de l'index le cul d'un de ses paquets souples disséminés çà et là afin d'en sortir sa première sans filtre de la journée. Puis il finit sa course assis en bout de table de cuisine pour savourer le tout, sa place attitrée. Dès son lever, chaque midi, mon père aussi possède son rituel à lui. Au fond, nous sommes tous finement réglés comme du papier à musique. Chaque jour, sans aucune surprise et tels des automates, nous répétons notre bonne vieille ritournelle, et je me sens d'autant plus heureux de quitter quelque temps ce refrain devenu un peu trop répétitif à mon goût.

Chez nous, seule ma mère et mes sœurs ne fument pas, et la cigarette constitue un vrai sujet tabou. C'est à coups de bombe que ma mère chasse continuellement les odeurs autant qu'elle nous tanne toutes les deux clopes allumées pour nous prier d'arrêter mon père et moi. Et quand elles s'y mettent à trois, *« on y a bon »*.

Du marasme de l'avant-veille au soir en passant par le retournement de situation du matin, je prends le temps de tout expliquer à mon père, essayant d'être le plus clair possible. Afin de le préserver et d'éviter de remplir trop lourdement sa besace à mouron, je lui épargne l'épisode relatif à la consonance de notre nom. D'ailleurs, j'estime que ça ne servirait pas à grand-chose de lui mentionner. À l'accoutumée, mon père reste quelqu'un de peu loquace, un taiseux comme on dit par chez nous ; ce qui ne l'empêche pas pour autant de m'écouter d'une oreille attentive. Je n'en attends pas plus. Enfin, d'une manière abrupte mais néanmoins pragmatique, il se lève brusquement pour me poser un certain nombre de questions auxquelles je n'ai pas forcément pensé, ce qui me surprend.

- T'as préparé tes documents d'identité ? Pass'port ? Attestation carte vitale ?

- Heuhhh... bin oui... j'vais préparer ça tout d'suite...

- Y t'f'ras un contrat d'travail au moins c'patron, c'est obligatoire d'toute façon !

Paraissant anxieux, mon père me soumet à un véritable interrogatoire. Un peu agacé, je réponds malgré tout à ses inquiétudes du mieux que je peux.

- J'sais pas P'pa... J'ai pas posé la question...

- Écoute-moi bien Walid... introduit-il d'une manière solennelle... dès qu't'arrives... tu d'mandes... TOUT D'SUITE... si tu vas signer un contrat... Sinon... tu passes deux trois jours sur place pour prend'e l'air... et pis tu r'viens...

Mon père ne semble pas prendre les évènements à la légère, ce qui ne manque pas de me toucher.

- Ok P'pa Ok... t'inquiètes...

- T'inquiètes... t'inquiètes... répète-t-il avec écho et sur un ton railleur... bin justement Walid... ouais ouais... j'm'inquiète...

Il continue de faire les cent pas dans la cuisine, tirant sur sa clope tout en expirant de petites bourrasques saccadées de fumée qui lui échappent volontairement des narines tandis qu'elles viennent s'engouffrer en volutes vers une fenêtre restée grande ouverte. On dirait une envolée de minuscules fantômes effrayés par une lumière trop agressive. Ce matin, il fait beau mais un peu venteux. Avant que ma sœur n'arrive, il ne nous reste que quelques minutes pour partager un moment tous les trois, c'est ainsi que je ressers une dernière tasse de café à chacun tandis que nous nous asseyons autour de la table, comme si on allait communier ensemble. Sirotant son café à petites gorgées pour éviter de se brûler et tout en faisant du bruit sans même qu'elle ne s'en rende compte, ma mère est plongée dans ses pensées. Le regard vague, elle fixe un point non déterminé de la table. Malgré la décharge que je viens de recevoir par le patron au téléphone, je me sens en situation de confiance. Ce matin, un événement est venu briser un quotidien devenu bien monotone. Cela ne peut que procurer un peu de bien-être à tous. Mon père doit se sentir soulagé de me voir découvrir le monde du travail. Ma mère est consciente qu'il faut que je prenne un vrai bol d'air pour me sentir mieux. Ainsi, pour tous les trois, notre dernier café a meilleur goût ce matin, et mes parents commencent à avoir meilleure mine. De même que les dernières cigarettes partagées avec mon père semblent moins nocives, nous les fumons davantage pour partager un bon moment que pour tuer l'ennui, cette sensation me gonfle le cœur à bloc.

Commence enfin le couplet incontournable d'une mère pragmatique et inquiète, issue de la classe ouvrière, agaçant à l'instant où on le vit, amusant au moment où on y repense.
- Walid... tu fais bien attention à tout... et pis tu manges bien... surtout... Et pis tu mettras des habits chauds... y va faire froid tôt l'matin dans les champs !

Comme je me sens un peu redevable, je garde mon calme en répondant sereinement à toutes ses questions.
- Pas d'soucis M'man... on est qu'en septembre... c'est pas encore l'hiver... et pis y fait un peu plus chaud dans l'sud...

Tandis qu'il simule le père relax et décontracté, mon père la sermonne pour ses attentions excessives :
- PPfff... Laisse-le donc un peu tranquille avec ses habits... y a p'us dix ans non plus... Y sait très bien s'débrouiller seul...

En revanche, il se piége lui-même en me répétant pour la troisième fois, tel un vieux disque rayé :
- Et ton pass'port, tu l'as bien pris ? Garde-le toujours sur toi... et perds-le pas... Montre le moi.

En soufflant, je sors mon passeport d'un petit sac bandoulière préparé pour l'occasion avant de le mettre devant son nez.
- Tu veux l'toucher ? C'est p't'être un faux ? Y va p't'être bien s'enfuir de mon sac... J'devrai y mettre un antivol non ? Qu'est-ce t'en penses le père ? Hein ?

Mes parents rient de bon cœur, et je lui mets une tape sur l'épaule afin de le taquiner. Ça fait longtemps qu'on n'a pas entendu quelqu'un rire dans cet appartement, ce qui rend l'atmosphère fraîche et légère.

La sonnette vient interrompre ce moment de partage. C'est ma sœur, déjà. D'une manière coordonnée, nous faisons tous les trois grincer nos chaises sur le linoléum pour nous lever tandis que je vais lui ouvrir la porte le premier. Vêtue d'une tenue décontractée et apprêtée à la hâte, on peut constater qu'elle a tout fait pour dégoter ce billet au plus vite, et je n'ai pas l'habitude de voir ma grande sœur sortir sans qu'elle n'ait le visage un minimum maquillé. D'ailleurs, je remarque qu'elle a un très beau visage, les traits fins, juste comme ça, sans fioritures. Tout en nous rejoignant dans la cuisine, elle s'empresse de me féliciter pour le job. Sans même lui demander si elle en désire un, je sors une tasse du buffet et lui sers un café, connaissant les habitudes de chacun et sachant pertinemment que nous sommes tous de gros consommateurs dans la famille.

- Félicite Maman ! C'est elle qui m'a poussé à appeler…

Nos regards se tournent vers elle, ce qui la fait rougir. Gênée, elle baisse les yeux, un sourire timoré imprimé sur un côté de son visage, malicieux. Elle est fière.

- On est partis ! dis-je impatient.
- Minute papillon… J'finis ma tasse…

Ce que ma sœur fait à amples gorgées face à mon élan de précipitation, avant qu'elle ne dépose sa tasse dans l'évier en rajoutant :

- On est partis… allez zou !!!

Pour la dernière fois, j'enregistre le couplet suivant :
- Finis bien ta soupe, fais bien attention au passeport !!!

Tandis que j'embrasse mes parents. Mon père me prend dans ses bras et de la paume de sa main gauche, me tapote le haut du dos à trois reprises. Sous le choc, je reste fort ému face à cette démonstration de tendresse que je n'attends pas forcément de sa part. Et je vide le grenier poussiéreux de mes souvenirs sans y trouver un seul carton dans lequel il m'ait pris dans ses bras. Cela me fait du bien, un bien fou de sentir sa force de si près, la transmission de son énergie. Une forte chaleur traverse notre appartement tandis que je m'abandonne quelques secondes à la pensée de cette étreinte. Puis, je saisis la main de ma mère fermement tout en en caressant le revers. On dirait qu'elle vient d'éplucher un kilo d'oignons. Un dernier signe et nous quittons l'appartement ma sœur et moi.

Au cours de la route qui nous mène jusque la gare de Lille, nous sommes particulièrement silencieux. Je suis loin, mais néanmoins attentif à tout ce qui m'entoure. Je ne veux pas perdre une miette de cet environnement qui m'a en partie constitué. Et c'est mentalement que je prends quelques clichés, pour ne rien oublier. Nous passons non loin de l'usine aux messages, abandonnée, calme, mélancolique, hébergeant peut-être encore quelques fantômes nostalgiques et obstinés, morts du chômage puis de la picole. Je tourne la tête jusqu'à ne plus la voir, imaginant Madame Gajda me faire des signes au loin depuis son seuil. Comme pour conjurer le silence, ma sœur allume son autoradio qu'elle règle sur Chérie FM. Je la sens interpellée.

- Qu'est-ce tu regardes ? Je t'ai connu plus bavard, ajoute-t-elle.

- Rien… j'regarde juste l'usine… là-bas… c'est tout d'même incroyable… tous ces bâtiments abandonnés… qui ont laissé pas mal de monde sur la touche… sans travail… tu ne trouves pas ?

- Tu t'en poses de drôles de questions… mais ouais t'as raison… ça fout les boules.

Ma sœur se pose peu de questions de ce genre, ce qui la rend le plus souvent positive et heureuse, tout le contraire de moi. En arrière fond, Lionel Richie entonne un refrain que je déteste écouter, de sa voix lancinante, il miaule :

« Helllooo ??!! Is it meee you loooking fooor ??? »

D'une manière vaine, j'essaye de changer la présélection tandis que ma sœur m'en empêche.

- Arrête, t'es malade ! J'adore cette chanson !

Je lui souris.

- Désolé... excuse-moi... puis je reprends. Parfois... j'vais me poser sur les marches de cette usine... quand j'me concentre à fond... j'entends encore le bruit des machines...
- Walid !!! Faut qu't'arrêtes de fumer la moquette... tu piques trop des drôles de délires... me réprimande-t-elle, soucieuse.

Si elle savait la quantité que j'en fume...de moquette...un Saint Maclou à moi tout seul... Je poursuis :
- T'imagines un peu... tous ces ouvriers qui arrivaient à l'aube... tous enfermés dans ce bloc de béton... qui venait les recracher tard le soir... pour y exécuter le même mouvement à longueur de journée... quelle vie !!! Tu m'diras... c'est un peu ce qu'ont vécu aussi Papa et Maman...

Le regard espiègle et un peu moqueur, ma sœur tente de détendre l'atmosphère, elle n'aime pas ce type de conversation qu'elle trouve lourde et pesante.
- Walid ? Pourquoi t'essaierais pas d'rentrer à l'école des poètes... y est jamais trop tard... hein ??!!

Nous rions un instant, avant que le silence ne reprenne place dans la voiture. Seul le poste radio fonctionne, enchaînant des vieux hits tous plus mélancoliques les uns que les autres et qui réussissent au bout d'un moment à me foutre les boules. Et je me demande comment ma sœur peut être une femme aussi positive en écoutant de pareils tord-boyaux, curieux. À ce moment-ci, j'aimerais rebaptiser Chérie FM en Suicide FM, m'imaginant des slogans divers :

« La pluie du Nord en écoutant Chérie FM, une balle entre les deux yeux, c'est donc ça qu'tu aimes !!! »

Puis, je m'enquiers de l'état de santé de mes neveux, ainsi que de leur progression à l'école. Samia est mère de deux garçons, deux bonnes bouilles de quatre et sept ans. Ma mère en est dingue, moi aussi pour tout dire, ils m'apportent tous les deux un peu de fraîcheur. Et ça m'arrive régulièrement de les emmener à des braderies, ou encore d'aller jouer avec eux au parc municipal.

- Ils sont en pleine forme, s'anime-t-elle, me racontant deux-trois anecdotes à leur sujet.

« Maman s'te plllait ! J'peux pas prendre mon bain tout seul ! Y a des crabes dans l'trou qui veulent me pincer les pieds ! » lui dit Neil, son gamin de quatre ans. Morgan, celui de sept, chercheur de grand talent, lui prouve scientifiquement qu'il est impossible pour une femme de porter cinq enfants dans son ventre. *« Sinon son bidon y ressemblerait à une montgolfière !!! »*

Enfin, nous finissons par rejoindre le périphérique de la métropole lilloise. C'est en entrant dans la ville que je réalise à nouveau l'imminence de mon départ. Comparée à Valenciennes, la fourmilière de Lille se montre bien plus agitée. À proximité de la gare, des passants enfilent leur sandwich à la hâte en marchant sur les trottoirs, l'air parfois encore préoccupé par un quelconque dossier à boucler avant la fin de cette journée. Nous sommes aux alentours de midi, heure de pointe. Ma carte Sim se remet soudainement à fonctionner, donnant un coup de pied à tous mes sens qui s'activent de nouveau. Je veux embrasser et remercier une dernière fois ma sœur avant de lui dire au revoir. Mais elle se gare déjà en double file à un endroit où elle ne gêne presque pas pour pouvoir m'accompagner jusqu'à mon train. Décidément, elle fait tout ce qu'elle peut.

Mon sang forme des vagues, et ça fuse là, dans mes veines, battements du cœur qui s'accélèrent, j'ai des palpitations. Ça y est, j'vais taper un bad trip, je veux rentrer chez moi. Non, pas moyen, prends sur toi Walid, sois fort !!! Ticket de train à retirer au guichet, cette foule m'épuise déjà, tous ces gens qui courent partout. Pourquoi tout le monde semble s'être donné rendez-vous ici, aujourd'hui, vous aviez tous besoin de partir le même jour que moi ou c'est juste pour me faire chier ??!! Déplacements, travail, vacances ??? Les gens qui partent en vacances, ça se lit sur leur visage, ils n'ont ni la même valise, ni la même tenue, ni la même mine patibulaire. Un bon millier d'individus qui se croisent sans se connaître, qui ne se reverront certainement jamais, ou alors sans se reconnaître, venant des quatre coins de la France, travailleurs, touristes d'Europe et/ou d'ailleurs : carrefour éphémère. Je prends un vrai bain de foule, et l'eau est glacée, laissez-moi entrer doucement car je manque de pratique, je n'ai pas l'habitude ; non, je ne sais pas très bien nager, alors je risque de boire la tasse !

Nous cherchons le bon train en partance pour Lyon. J'ai un changement à faire là-bas. Ça y est, nous l'avons trouvé ! Je suis quelque peu rassuré. Il ne me reste que deux minutes pour étreindre et remercier ma grande sœur avant de m'y engouffrer. Tout semble aller trop vite, *« attention à la fermeture des portes »*, Robert Johnson attrape mon sac s'te plait !!! Je poursuis de très près le cul de cette vieille locomotive pour t'y rejoindre en riant vieux frère, et prépare-moi donc un p'tit bouchon de Jack avant que tu ne siffles le reste de ta vieille fiole, j'te connais trop bien vieux bandit. Et ma grande sœur qui me fait de grands signes de l'autre côté du hublot. Portes bien fermées, destinée grande ouverte, Tchao !!! À toute le Nord.

Dans le train, tout le monde s'affaire à trouver une place pour ranger ses bagages. Je fais la même chose avant de prendre place à l'emplacement indiqué sur mon ticket, et de m'enfoncer dans mon siège pour ne plus en décoller. Je peux alors souffler tout en retrouvant peu à peu un rythme de respiration normale, avant de me repasser le film de toutes les péripéties vécues depuis la veille, et dire que ce n'est qu'un début. Je me sens fatigué, et je pose ma tête sur la vitre côté fenêtre, la fraîcheur de son contact me fait frissonner. Je me laisse bercer par ce plat paysage qui caractérise si bien le Nord. Il défile de plus en plus rapidement au fur et à mesure que le train prend de la vitesse, il a sur moi un effet somnifère. Je plonge bientôt dans un profond sommeil.

Du Nord au Sud

- Monsieur... Monsieur... Contrôle des tickets s'il vous plait... Monsieur...
- Hein ! Quoi ? Pardon... !!!

À nouveau, je prends quelques secondes avant de réaliser que je suis dans un train, un homme en képi est planté là, face à moi. Pas un flic, juste un contrôleur, ne disposant certainement pas du reste de la journée à me consacrer. Les yeux écarquillés, j'émerge tandis que je me presse d'accéder à mon ticket soigneusement plié et rangé dans mon sac bandoulière, cela me prend quelques secondes de plus et le contrôleur commence à s'impatienter. Un sourire niais est dessiné sur mon visage, et je le regarde tout en m'acharnant sur ma sacoche, jusqu'à ce que le ticket veuille bien en tomber.

Je marmonne quelques mots d'excuse en ramassant le tout à la hâte, gêné. Le contrôleur recouvre son calme en poinçonnant mon ticket, n'étant pas obligé de passer à la partie désagréable de son métier qui reste avant tout de flanquer des amendes.

Il me souhaite bon voyage avant de passer au voyageur suivant, sympa le mec !

Je jette un œil dehors et suis surpris par un paysage qui s'est significativement métamorphosé. Le train ne parvient plus à épouser les étendues plates des champs de blé et de pommes de terre qui s'étalent à perte de vue dans le Nord. Ici, des arbres robustes dominent des champs vallonnés et des prairies, leurs feuilles teintées de jaune et qui annoncent l'arrivée d'un automne imminent, venant se refléter dans les eaux des étangs. Des vaches pacifiques et aux couleurs bigarrées, cloîtrées dans de spacieux pâturages, broutent leur parcelle d'herbe. Parfois, c'est en bandes que des oiseaux aquatiques décollent, majestueusement, créant à eux seuls de vrais balais synchronisés et venant frôler à ras les rivières, laissant derrière eux des sillons dessinés sur la surface de l'eau. D'une certaine manière, ils sont surpris par la vitesse à laquelle notre train déboule et sont certainement dérangés dans leur tranquillité. Aussi, j'aperçois des herbages parsemés de maisons de villages et qui viennent rejoindre les cours d'eau et leurs méandres. Au loin, un mini-viaduc paré de vieilles pierres tient encore debout pour quelques centaines d'années encore, et les rayons d'un soleil timide et qui nargue la pluie viennent orner les bocages d'un nimbe, laissant apparaître un arc-en-ciel devant lui. Je suis saisi devant ce spectacle digne d'une chaîne de reportages géographiques. Je crois que nous traversons la Bourgogne, et je reste longtemps ému, admirant la beauté de ce véritable patchwork écologique qui défile devant moi à sa plus vive allure. C'est tout comme si j'effectuais un zapping grandeur nature. Ça fait longtemps que je n'ai pas assisté à quelque chose d'aussi beau, et tout cela contribue à me mettre de bonne humeur.

C'est en arrachant mon téléphone portable, flanqué bien profond dans ma poche de jean, pour jeter un œil sur l'heure que je comprends davantage les raisons de ce changement : je me suis quand même assoupi presque trois heures. Trois heures qui me séparent de Beuvrages puis de Lille, ça me parait peu et beaucoup à la fois. Mais à la vitesse d'un TGV, c'est bien suffisant pour voir apparaître ces nombreuses étendues de plateaux vallonnés. Je bâille aux corneilles et m'étire tandis que je décide de me dégourdir un peu les jambes vers le compartiment bar. C'est alors que je traverse un, puis deux, puis trois wagons. Tandis qu'à chaque foulée je m'aide de mes deux mains que je pose furtivement sur le rebord de chaque banquette dans le but de ne pas vaciller, je prends garde de ne pas accrocher un chignon ou une perruque sur mon passage.

En marchant à contre sens de la direction qu'emprunte le train, je continue à m'appuyer sur chaque revers de siège en m'imaginant jouer au jeu *« Qui est-ce ? »* grandeur nature tandis que derrière mon passage, je m'amuse à rabattre mentalement chacun des supports. C'est avec beaucoup d'attention que j'observe le monde qui m'entoure et je suis comme fasciné par toute la diversité des gens qui peuplent ce train.

Un homme d'affaires aux chaussettes assorties à ses chaussures et à son pantalon de costume, mène une véritable guerre à lui tout seul en bataillant avec son oreillette portable, son ordinateur portable, son téléphone portable, son agenda-business portable ; enfin, sa mini-vie portative quoi. À ses côtés, tant bien que mal, une mère de trois enfants en bas âge fait tout son possible pour distraire ses trois marmots surexcités et depuis déjà bien trop longtemps lassés par un voyage leur paraissant morne et longuet. Forcée de jongler à six mains, entre cartes Pokémon, consoles, contines, content pas content, compotes conditionnées et prêtes à être englouties, Chocos BN, livres en mousse, mikados au chocolat prêts à être hargneusement dévorés avant de tomber réduits en miettes puis en poussière, pouët-pouëts, toupies... Maman se pliant en quatre afin de ne pas déranger l'homme d'affaires qui, à ses côtés, se sent obligé d'augmenter crescendo son volume sonore. Déconcentré et se pressant l'oreillette de plus en plus fort contre le tympan, il s'évertue en portuglais, puis en français, puis en franglais, avant de se mettre au russe, pour finir par clôturer ses affaires en allemand, avant de les signer en espagnol, certainement.

Enfin j'atteins le compartiment bar.
- Vous voulez un café Monsieur ?
- C'est combien ?
- Trois euros dix...
(À c'prix-là j'prendrai juste le gobelet en plastique j'vous r'mercie bien !!! Ou mettez-moi juste le supplément sucre !!!)
- Non... merci...

Je rejoins mon siège.

Le train se rapproche peu à peu de Lyon, ma première destination. Une boule indélogeable se reforme à nouveau dans le bas de mon ventre. Je me sens un peu seul et j'ai peur de rater le second train. J'ai peur de l'inconnu, de ne pas être à la hauteur.

Arrivé à la gare de Lyon, même bordel qu'à Lille, sauf qu'elle me parait encore plus grande cette putain d'gare. Même chahut, à la seule différence qu'ici, je suis tout seul, ni sœur ni mère, ni frère ni père, Robert Johnson, tu ne nous sifflerais pas un d'tes p'tits airs ???
Comme je touche plutôt pas mal ma bille niveau lecture, je n'ai pas trop de difficulté à trouver ma correspondance. Je reste bien concentré, et entame l'heure d'attente qui me sépare du départ de mon second train. Je prends place sur un banc, non loin de ma seconde embarcation, un train régional cette fois-ci, non plus un TGV. Je ne peux rien avaler de consistant, c'est ainsi que je brûle clope après clope, balai de cendres embrasées qui crépitent avant de disparaître à jamais dans l'air ambiant. Obstiné, je reste les yeux rivés sur les rails de la voie d'en face et comme plongé dans mes pensées. J'ai la bouche pâteuse, les lèvres fort asséchées, et un goût délicieux de cendrier de lendemain de fête qui me martèle la bouche. Toute cette affluence m'oppresse et me fait tourner la tête, encore ce foutu manège qui ne cesse de me hanter. Je ne suis pas des plus sociables, et j'ai peur des gens. C'est dans une sorte de cave que j'ai vécu ces dix dernières années, tandis qu'au dessus de moi, je discerne des bruits indistincts, la vie des gens, sûrement, sans réellement entretenir une vraie relation avec eux.

Ici, par la force des choses, je sors de cette cave, et dans cette gare, la lumière m'aveugle et me pique sournoisement les yeux. Mon cerveau est bien ramolli, et j'ai les muscles crispés, sursautant au moindre bruit trop agressif ou encore trop brusque pour mes fragiles oreilles. Socialement, ma vie est en vrac, autant qu'un étalage d'habits oubliés dans l'arrière-salle d'un Tati. Ce constat ne m'était jamais apparu aussi limpide qu'assis sur ce banc. Il me frappe en pleine gueule, joue avec mes nerfs, jusqu'à me rendre triste. Je suis d'humeur morose, mais en même temps, une sorte de force, de rage, sommeille tout de même au plus profond de moi. Assis sur ce banc, au beau milieu de ce gigantesque désert de sable, les gens passent et repassent derrière et devant moi, tous autant pressés les uns que les autres. L'animation bat son plein, pourtant, j'ai comme l'impression de me trouver en plein cœur d'un océan de sable, sublime paysage à la fois angoissant et profondément désolé. Je suis assis sur ce banc, mon sac posé au plus près de moi, dans un désert particulièrement silencieux, tandis que l'on peut discerner de fines bourrasques de vent qui ordonnent à des tapis de sable de se mettre en branle et d'avancer en rythme au ras du sol. Dans cette gare, je n'entends plus ce brouhaha que la foule réussit à créer d'une manière orchestrale. Il me semble secondaire, voire inexistant, comme un bourdonnement sourd que l'on entendrait en arrière-fond mais auquel on ne porterait plus aucun intérêt. À présent, je porte toute mon attention sur cette mélodie orchestrée par le vent, dans mon désert, assis sur mon banc, déconnecté de tout et de tout le monde. Déconnecté de tous ces gens, de cette société, du monde du travail. Je ne me sens pas concerné par ces panneaux publicitaires, par ces affiches de nouveaux films, par ces comiques de théâtre de boulevard qui sont censés vous faire éclater de rire, tous en cœur et exactement au même moment. Déconnecté de tout mais ayant l'envie de me raccrocher à quelque chose, à quelqu'un. Assis sur mon banc, dans mon désert, à Lyon gare… France… Monde… Univers… une ou deux larmes me perlent sur les joues. Larmes de tristesse, de solitude et de colère. Larmes qui soulagent aussi, et vous détendent quelque peu les nerfs. Discrètement, je les sèche et reviens vite à la réalité après un appel micro qui annonce mon train. Je quitte mon désert, alors qu'il est grand temps d'embarquer.

Le train pour Villefranche sur Saône est plus rustique, et bien plus rempli aussi. Et je me trouve un morceau de banquette libre dans un compartiment où deux jeunes d'à peu de chose près mon âge ont déjà pris place, un garçon et une fille. Je leur esquisse un timide sourire de politesse, pose mon sac au sol tandis que je m'installe face à eux. Je n'ai malheureusement pas pensé à prendre un seul roman dans lequel j'aurais pu définitivement m'engouffrer. Ça ne me ressemble pas mais je n'ai absolument pas eu un seul moment pour y penser, dommage. Je ne veux pas apparaître comme un espion venu épier ou troubler une conversation. Je m'efforce de porter toute mon attention sur le paysage, comme si ce détail me rendait invisible, et leur donnait le signal qu'ils pouvaient discuter en toute sérénité. Ils m'oublient, s'embrassent et font l'amour... Non ! Seulement dans mon imagination. Je continue de fixer la vitre avec attention afin d'adopter une position invisible, tandis que je commence à m'intéresser à leur conversation.

- Putain... on a quasiment pas une thune sur nous... j'espère que tout va bien s'passer quand même... !!! s'exclame le type, qui semble un peu inquiet.

Bienvenue au club, pensé-je.

- Pas d'soucis... normalement on doit être nourris... et logés gratos aussi... si le patron a dit vrai... se rassure la fille.

- J'ai aussi vingt euros sur moi... on devrait pouvoir gérer... en faisant bien attention... ajoute-t-elle.

Moi aussi, ma trop minuscule besace contient un seul et unique billet bleu. J'aurai préféré un orange ou encore mieux, un vert.

- Putain... vu l'prix des clopes en c'moment... on va d'voir se mettre à la diète ! dit-il sur un ton exprimant son ressentiment à l'égard du système.

Je suis bien d'accord avec lui.

La lumière diurne décline peu à peu, faisant des adieux momentanés à une superbe journée, tandis qu'elle laisse se dessiner leurs deux visages aux contours de plus en plus nets au travers de la vitre, grâce à un petit néon monté, au dessus du carreau.

Ils sont tous deux fatigués, et leurs paupières se ferment d'une manière coordonnée et en rythme lorsqu'ils ne se parlent pas. Le garçon a le visage émacié et les traits quelque peu tirés, et des cernes accentués lui maquillent le bas des yeux, indien peinturluré de ses couleurs les plus sombres et paré à un de ces tristes combats de guerre. Une barbe de trois jours et des cheveux en bataille coiffés en mode Dragon Ball Z viennent accentuer cette impression de fatigue. Aussi, ses deux sourcils particulièrement bien fournis se rejoignent presque en une seule ligne. Ses yeux d'un bleu très dense donnent à son visage un regard intense et débonnaire. L'ensemble de son faciès lui donne indéniablement du charisme et une personnalité. Ils baillent tous deux à maintes reprises, bâillements synchronisés qui ne manquent jamais d'humidifier leurs yeux, à tous les coups. Pour être tout à fait honnête, la fille m'a plu dès mon entrée dans ce compartiment. Ses cheveux oscillent entre couleur châtain et roux, elle a la peau lisse et laiteuse. Visage de porcelaine, clair et expressif, réussissant à mettre tous mes sens et mon enthousiasme en mode *« foufelle. »* Deux fossettes se creusent en dessous de ses pommettes rondes et saillantes, juste ce qu'il faut là où il faut, tachetées de quelques brins de judas distribués avec parcimonie et judicieusement ordonnés, lorsqu'elle sourit au garçon, laissant apparaître une dentition presque parfaite et régulière, et de jolies lèvres généreuses et pleines.

Bordel, je ne sais pas si c'est sa copine ou non, mais je meurs d'envie de lui mordiller les lèvres en un baiser charnel et langoureux. J'aimerais être n'importe quoi, du moment que ça lui appartienne. Son chewing-gum, son jean, sa poche, son tapis de sortie de bain, son ticket de train, ou pourquoi pas son siège, tout simplement. Non, ça y est, Euréka, j'ai trouvé ! Sortez-moi donc un bout de papier doré et une quelconque estampille afin que j'y dépose mon brevet le premier, et qu'ça saute ! Si j'avais un seul et unique *« Wish »* à ce moment bien précis, ce que je préférerais être avant tout, c'est son baume à lèvres!! Oh oui, quelle merveilleuse et splendide idée, son putain de chanceux et de veinard de baume à lèvres bordel !! Lui réhydratant les *« lips »* en un mouvement lent et gracieux, lèvre du bas, puis celle du haut, lentement, arrêtez-moi donc ce putain d'temps s'il vous plait, je veux rester ici, balancelle éternelle, lèvre du bas, puis celle du haut, infiniment, c'est le grand huit des escargots mon vieux salaud ! Ça serait tout simplement divin ! Ouais, son baume à lèvres, je suis un génie ! Apportez-moi donc toutes vos vieilles lanternes planquées dans vos vieux tiroirs eux-mêmes planqués dans vos vieux greniers, vite, que je frotte dessus de toutes mes forces, comme un dingue, y en a bien une qui fonctionne, j'en suis certain !!!

Si tu n'avais qu'un seul vœu espèce de couillon, tu pourrais pas choisir de devenir son mec, tout simplement ???

Elle forme un concentré explosif de charme à elle toute seule cette rouquine, et je remercie le jour qui part et la nuit qui jaillit, reflétant nettement les contours de son visage à travers le carreau. J'ai beaucoup de mal à garder ma position invisible à vrai dire, je suis gauche et je ne sais pas où regarder.

- J'espère que ce sera aussi bien que nos cueillettes de cet été dans les Cévennes, c'était quand même une sacrée bonne équipe… pense la fille tout haut.
- Ouais… c'était vraiment bon… répond le garçon en baillant, bouche grande ouverte et prêt à se décrocher la mâchoire, comme un ours au degré le plus haut de son grognement. Il paraît néanmoins partager pleinement cet avis. Mais les vendanges sont plus dures que les abricots… à c'qui paraît, ajoute-t-il en se ré-emboîtant la mâchoire. Ça démonte grave le dos… surtout si c'est toi qui est porteur !!!
- On verra bien… on s'fera des massages, conclut-elle en accompagnant ses paroles d'un regard complice.

Putain de veinard, laisse-moi donc me transformer en ton dos mec, je me ferais discret, promis.

Alors que j'en meurs pourtant d'envie, je n'oserais jamais faire un pas afin de leur adresser la parole. Je suis bien trop timide et renfermé sur moi-même, et je sors à peine de cette sombre et poussiéreuse cave que constitue ma chambre. C'est comme si je faisais à nouveau mes premiers pas, bringuebalant à droite, et puis à gauche, marchant avec la plus grande des maladresses. Je suis vulnérable, et j'ai trop peu d'assurance. Alors, au cours de ce voyage vers Villefranche sur Saône, je ne dis pas un mot et me contente de les écouter, tandis que je me demande si nous allons travailler pour le même viticulteur. Il y a peu de chances, les vendangeurs, il doit y en avoir des centaines, des viticulteurs aussi.

Le garçon va reprendre une formation manuelle en menuiserie dans quelques semaines, et il est ravi et surexcité, faisant plaisir à voir, après avoir tenté de suivre trois premières années à la fac dans des domaines différents, médiation culturelle, philo, et psycho. Il partage tout son enthousiasme avec la fille, avec détermination et gaieté. Cette fois-ci, dit-il, il a hâte de commencer une activité où il va enfin apprendre quelque chose de concret. Il a l'air vraiment bien dans ses pompes, ce qui ne manque pas de m'interpeller.

La fille, quant à elle, a l'air perdue et perplexe. Elle va entamer une troisième année de licence d'anglais à la fac, mais elle ne sait pas trop quoi faire ensuite. Ne surtout pas devenir prof, c'est tout ce qu'elle sait. Je lui suggérerais bien de me donner des cours de langue, mais je me tais. Je constate que je ne suis pas le seul à être paumé dans ce grand labyrinthe lugubre qu'est l'avenir. Ça me rassure un peu.

En moins d'une heure, nous arrivons en gare de Villefranche. Lorsque le train se stabilise avant l'ouverture définitive des portes, il fait déjà nuit noire, mais la température me parait plus douce qu'à Lille, ce qui contribue à me remettre de bonne humeur. Le train nous libère et j'apprécie d'en rallumer une, ma fidèle lanterne buccale, celle qui me défonce lentement et langoureusement les poumons.

Je longe le quai qui mène au centre de la gare en suivant le couple de près, sans le vouloir. Tous les passagers marchent dans la même direction, festival de valises qui raclent le bitume en cœur avec leurs roulettes, invention du siècle. Quant à moi, la lanière de mon sac bandoulière me cisaille l'épaule, Beuvrages enfermé dedans pesant bien tout son kilo. La fille est aussi jolie de dos que de face, tandis que ma marche se laisse aimanter par le balancement chaloupé et hypnotique de son slim Levi's. Baissant les bras et ré-ouvrant les yeux afin de quitter ma position somnambule, je pose mon sac au plus proche du point rencontre, tandis que j'espère vite voir mon nom bien inscrit quelque part sur une pancarte.

Décidément, on se suit, le couple s'est assis non loin de moi, posés tous deux à côté d'un distributeur automatique de billets, se partageant une roulée à eux deux. La gare de Villefranche est bien plus petite que celle de Lille et de Lyon, et je m'y sens davantage à l'aise. À vingt et une heures, elle est aussi moins fréquentée, ce qui contribue à atténuer mon agoraphobie.

Le couple cherche aussi quelqu'un, le regard à l'affût. J'espère au plus profond de moi que nous sommes à la recherche de la même personne. Enfin, c'est après dix minutes d'attente que la silhouette d'un petit homme grassouillet se dessine à l'entrée de la gare. Il a le visage rubicond, et sur son front est posée de travers une vieille casquette jaunie. Il est engoncé dans ses vêtements, portant une blouse verte étriquée pour sa carrure. Tout comme moi, le couple regarde dans sa direction et le pointe discrètement du doigt. Sur sa pancarte improvisée sur un morceau de carton, il y est inscrit mon nom, d'une écriture branlante, ainsi que ceux de Géraldine et de Vincent Cardon. Ils portent le même nom de famille, et ils me semblent bien jeunes pour former un couple déjà marié. Ça n'a aucune importance, ils ont l'air sympa et je me sens déjà un peu familier avec eux. Mon rythme cardiaque passe à nouveau la seconde. Arrive le moment où il faut se présenter, je ne peux plus reculer. Nous avançons ensemble dans la direction du vieux et le couple comprend que nous allons être de la même équipe. Ils me sourient, quant à moi, je tremble. Je m'avance vers eux pour les saluer en leur serrant timidement la main, tandis que nous faisons poliment les présentations.

    - Moi c'est Walid, lancé-je laconiquement.
    - Salut... Moi c'est Géraldine.
    - Moi c'est Vincent, enchanté...

    Parfois, dans la vie de tous les jours Walid, les gens ouvrent la bouche pour afficher leur dentition en façade, ça s'appelle un sourire mec ! Alors ôte-toi cet air de coincé du cul du visage, pensé-je intérieurement, ce que je réussis à faire d'une manière quelque peu forcée mais que j'espère néanmoins naturelle. C'est bien Walid... Voilà... Ça fait du bien non ? Continue une petite voix intérieure.

    Ensemble, nous rejoignons le vieux qui nous broie la main d'une poignée franche et assurée en guise de bienvenue tandis qu'il se présente froidement. Il a la main chaude et rugueuse et hormis la voix, il n'a pas grand'chose en commun avec notre ami Barry White. Il a l'air bourru et semble peu enclin à engager la conversation.
    - Moi... c'est Monsieur Filon... vous travaill'rez avec moi pendant deux semaines... soyez sérieux... pas d'drogue... et tout s'pass'ra bien !
    Point, fin de citation. Afin de briser quelque peu le blockhaus qui nous sépare tous les quatre, je fais le premier effort pour tenter d'en franchir la barrière :
    - Enchanté... moi c'est Walid... du Nord, près d'Lille...
    Je ne sais pas trop si c'est Walid ou Lille qui produit cet effet, mais tout le monde semble surpris.
    - J'me doute... me décoche le vieux, me dévisageant de la tête aux pieds.

- Lille… ça fait un bon bout de chemin ! déclare la fille en souriant, faisant de son mieux pour mettre un terme à cette ambiance quelque peu oppressante.

Géraldine et Vincent se présentent à leur tour au vieux, succinctement. Ensuite, il nous invite à le suivre jusqu'à la voiture garée non loin dehors. Une grosse demi-heure de route nous sépare encore du village, nous précise-t-il. Il marche devant nous, seul, serrant dans son poing une souris en mousse qui lui sert de porte-clés et dont la queue dépasse au travers de ses doigts potelés. Nous le suivons au pas en nous regardant tous les trois, étonnés, et nous nous sourions. Géraldine prend place à l'avant de la voiture, vieille Citroën Visa bleue métallisée en passe de devenir une véritable pièce de musée. Elle est belle et bien conservée. Quant à Vincent et moi, c'est à l'arrière que nous nous asseyons.

- T'étais pas avec nous dans l'train ? J'me trompe pas ? m'interroge Vincent d'une voix très discrète, comme si une pancarte *« interdit de parler »* pendouillait, accrochée juste devant son nez.

Nous sommes en effet tous les trois impressionnés par la rudesse de notre conducteur. J'adopte le même ton de voix que lui pour me faire aussi discret :

- Non non… tu t'trompes pas… j'étais assis juste en face de vous de Lyon à Villefranche…

Je suis embarrassé de ne pas leur avoir adressé la parole durant tout le trajet. Je cherche une phrase qui pourrait bien justifier mon silence. J'opte pour la sincérité :

- Désolé… J'ai pas été très bavard… mais j'ai pas osé interrompre votre conversation… et j'ai pas trouvé la brèche par laquelle m'y introduire…

Il a l'air un peu surpris de ma remarque mais ne semble pas du tout s'en offusquer. Géraldine se retourne et me fait un sourire rassurant, tandis que sur la banquette arrière initialement immaculée, je me transforme en mode *« compote »*, elle a l'air trop gentille.

Timidement, je lui rends son sourire, je leur demande d'où ils viennent, fasciné de rencontrer des IVNI (Individus Vivants Non Identifiés) n'étant pas nés sur mon territoire Valenciennois. Ils me répondent exactement au même moment, ce qui nous fait sourire tous les trois. Ils sont de Clermont-Ferrand mais habitent ensemble à Lyon depuis trois ans.

Le vieux est dans son monde, stoïque, au travers de cette pénombre environnante et légèrement éclairé par un tableau de bord vintage qui donne à son teint un aspect un peu verdâtre. Ses deux paluches rugueuses sont collées à dix heures dix sur le protège-volant molletonné de son bolide bruyant. Il communie tout seul avec la route qu'il connaît sûrement par cœur et qu'il doit avoir parcouru au moins des centaines de fois au cours de sa vie.

C'est Géraldine qui engage la première la conversation avec le patron, sa froideur et son silence commencent à peser trop lourd dans cette petite bagnole. Géraldine semble être de nature loquace et très spontanée. Peu impressionnée et d'une manière franche, elle prend la parole avec le sourire.

- Ça va s'passer comment alors Monsieur ? On commence quand ?

Le vieux répond laconiquement, d'un ton sec, mais d'une manière que je trouve assez drôle et cynique. Difficile de le faire parler, le bougre !

- Vous commenc'rez demain... à sept heures et demi dans les vignes... y s'agit pas d'être en r'tard y a du boulot ! Mon fils viendra vous chercher en tracteur... une partie mont'ra dans la remorque... et pis les autres y mont'ront avec moi en voiture... peu importe... tracteur ou voiture... y vous conduiront tous au même endroit... là où vous allez en chier... j'espère qu'z'êtes bien au courant !

Le profil de son visage aimanté et concentré sur les sillons de cette route de campagne laisse apparaître un soupçon de sourire mais il est difficile de cerner s'il plaisantait ou s'il était tout à fait sérieux. Son attitude impassible, impénétrable, ne manque pas de nous déstabiliser et nous met tous un peu mal à l'aise. Géraldine se tait. Vincent prend le relais dans le but de mener un semblant de conversation avec cette masse de glace qui frigorifie l'atmosphère ambiante.

- Ça fait longtemps qu'vous êtes dans le métier ? J'veux dire... que vous êtes viticulteur...

S'intéresser à sa vie attendrira peut être un peu l'abominable homme des neiges. Mais le vieil iceberg est loin de ramollir, et confirme sa position imperturbable.

- Assez longtemps pour vous dire qu'c'est un métier pas facile du tout... et pis qu'les vacances n'existent pas dans notre jargon... parce que les vignes... elles partent jamais en vacances... elles... ça d'mande beaucoup d'travail... tout l'long d'l'année. Et vous allez vite voir c'que c'est d'faire les vendanges... vous allez vite déchanter c'est moi qui vous l'dis...

Il nous considère avec méfiance, comme si nous étions des saboteurs qui vont tout faire pour tenter de bousiller son patrimoine. Il nous prévient pour nous tester. La méfiance, c'est sa manière à lui de voir à qui il a affaire. La froideur, c'est pour nous rappeler à chaque moment qui est le chef dans cette voiture. À nouveau le silence vient s'installer avec nous en tant que cinquième passager. Pas de poste radio pour nous permettre de rebondir sur une quelconque info, quoique, avec ce genre de gars un peu facho, mieux vaut éviter et se contenter d'aborder la pluie et le beau temps. Chômage ? À cause des Arabes. Délinquance ? À cause des Arabes. Déficit budgétaire de la sécu ? À cause des Arabes. Pluies abondantes et risques d'inondations élevées sur l'ensemble de l'hexagone ? À cause des Arabes. Tsunami ? À cause des Chinois...

Dehors, nous commençons à distinguer des champs de vignes qui s'étalent comme des tapis dans la pénombre. Éclairés par les phares jaunes de la Visa qui suit au poil les courbes de la route, on dirait que ces innombrables pieds de vignes s'apprêtent à se donner en spectacle sur une scène de théâtre. Gracieux et imperturbables, ils sont bien alignés et presque tous rangés dans la même position, formant des quadrillages géants sur le qui-vive, s'apprêtant à démarrer leur chorégraphie une fois que le vent annoncera le ton avant de se mettre à battre la mesure. Intrigants et voûtés dans cette obscurité ambiante, ils attendent que les cueilleurs viennent les soulager de leurs fruits devenus trop lourds et difficilement supportables, comme fatigués impatients et tristes. Les branches pointant vers le sol, ils cherchent à nous prévenir de notre trop imminente souffrance, semblant s'excuser à l'avance pour la peine qu'ils infligeront à nos vertèbres trop peu entraînées.

Soudain, je prends conscience que je suis le seul à ne pas encore avoir ouvert la bouche afin de manifester quelques politesses protocolaires auprès du vieux.
- Excusez-moi d'être un peu pragmatique Monsieur… mais… on aura un contrat pour ce travail ? dis-je d'un ton interrogateur, me rappelant à la lettre les recommandations de mon père.
Je ne sais pas trop si c'est le mot *« pragmatique »* ou la formule *« contrat pour ce travail »* qui produit ce nouvel effet mais la petite assemblée parait à nouveau surprise. Le vieux se retourne pour me dévisager une seconde fois, plus brièvement cette fois-ci, bien conscient de l'attention qu'il doit porter à la route, mais suffisamment longtemps pour que je puisse ressentir que ça l'étonne d'entendre le mot *« pragmatique »* sortir de la bouche d'un Arabe. Je suis satisfait d'ébranler les préjugés de cet homme, même si je sais que ça ne changera pas grand'chose à la manière dont il continuera à me percevoir. Néanmoins, je le sens comme embarrassé et troublé, à la recherche des bons mots, il ne répond pas tout de suite. Finalement, c'est l'irritation qui prend le dessus et le vieux me répond d'un ton agacé. Seulement, il met un bémol au ton arrogant qu'il emploie depuis le début, devant faire face à une nouvelle donnée. Je ne suis pas le sauvage qu'il pensait que j'étais.

- Bien sûr que vous aurez un contrat ! maugrée-t-il en soufflant, sur un ton méfiant. Y a eu bien trop d'problèmes et d'accidents sans contrat… c'est fini c't'époque… et après si y a un pépin… c'est l'patron qui raque… toute sa vie… ou qui va direct en taule…

Je dois apprendre à relativiser et à sourire, même si je ne suis pas encore tout à fait au point. Je dois apprendre à briser des arguments et des préjugés racistes avec finesse d'esprit. Je ne sais pas encore qu'une longue aventure se présente devant moi. Quoiqu'il en soit, le vieux reprend la parole pour entamer ici une de ses plus longues répliques. Tandis qu'au fur et à mesure qu'il pénètre dans son monologue, nous sentons son ton s'adoucir pour en arriver, à la fin du parcours, à des paroles qui frôlent presque la confession. Comme s'il était seul dans la voiture, ou comme si nous étions devenus des petits enfants encore inconnus quelques minutes plus tôt et qui lui tendraient soudain une oreille, il parle sans cesse, jusqu'à l'arrivée au domaine où nous allons être logés.

- J'me souviens bien de c't'histoire… y a d'ça un bail… à quelques kilomètres d'ici… un collègue avait embauché deux Bulgares au noir ou des gens d'l'Est quequ'chose comme ça… un père et pis son fils… j'sais pas si vous savez bien vous r'présenter c'que c'est l'nettoyage des cuves… mais les vendanges… c't'une bagatelle à côté… le récurage des cuves… c'est d'voir bosser dans une extrême chaleur et pis tout ça… avec la puanteur qui va avec… et pis c'est pas très bon pour les poumons… pour sûr… on est obligés d'aller jusqu'au fond d'la cuve ! J'vous parle pas d'un bocal à cornichons les p'tits… c'est bien plus profond qu'ça… et pis on voit p'us très bien avec les vapeurs et pis la condensation… parce que vous savez pt'être pas mais le vin y laisse un dépôt d'cinq centimètres au moins sur les parois des cuves ! Faut bien la retirer toute c'te merde ! J'vous fais pas d'dessin pour la suite…

Le vieux marque une courte pause, comme s'il cherchait à créer le suspense avant le dénouement de son histoire.

- Le père est tombé dans la fosse… et pis sa chute a actionné la machine ! Le fils a tout essayé pour l'aider… pour sûr… il aurait pas dû… si vous voyez c'que j'veux dire… J'vous laisse imaginer l'résultat final ! conclut-il, un triste sourire marquant les traits de son visage dans la pénombre.

Il poursuit sur sa lancée.

- Vous imaginez pas... la vie du collègue elle était foutue après tout ça...

(Et celle des deux Bulgares connard, pensé-je en silence...)

- ... Il s'est pris d'la prison avec sursis... et pis y doit encore payer des milliers...

- Bon en même temps il l'a peut-être un peu cherché... non ? Faudrait peut-être penser un peu aux deux Bulgares et à leur famille, non ? S'aventure Géraldine sur un ton sec en guise de conclusion... ne manquant pas de courage ni de détermination.

Conscient qu'il aborde un sujet scabreux, il préfère ignorer sa remarque.

Le silence se réinstalle une minute, puis avec un changement notable dans le ton de sa voix il reprend la parole. Comme hésitant et affaiblit, il s'adoucit pour perdre peu à peu de son agressivité, au fur et à mesure que les bandes blanches signalétiques fraîchement repeintes et qui défilent dans la seule lumière des phares se font dévorer par-dessous le pare-chocs avant, hypo glouton jamais rassasié. Trop connes les bandes, vraiment pas une pour rattraper l'autre, et les bornes s'accumulent, tandis que sa voix se transforme presque en un murmure. Aussi, à la fin, elle tremblote, comme s'il nous livrait soudain un secret sur un plateau, enfoui depuis longtemps et devenu trop lourd à porter pour ses deux seules épaules.

- Vous savez... on n'a pas une belle vie nous dans cette cambrousse. Chaque année c'est toujours le même recommencement. J'aurai aimé prendre un peu d'vacances et pis sortir un peu d'cette merde ! (Silence) Ça nous donne quoi au bout du ch'min d's'user comme ça ? Faut pas être un peu maso les p'tits... hein... Mais bon... on choisit pas toujours son destin voilà tout... on prend c'que l'bon Dieu y nous donne et pis c'est tout... moi... j'suis né dans les vignes... j'aurais pt'être préféré faire aut'chose mais on choisit pas... et pis on est jamais contents... faut faire avec... hein... c'est c'que j'me dis... mais c'est pas toujours facile les p'tits. (Silence)

Incrédule, je reste stupéfait devant ce changement abrupt survenu dans le ton du vieux et la manière paternaliste avec laquelle il nous livre à présent ses états d'âme. Aussi, Géraldine le regarde avec un air étonné, tandis que Vincent et moi échangeons un regard dubitatif.

Il reprend son monologue.

- Parfois... j'ai envie d'tout laisser en plan et pis d'foutre le camp... me faire la malle... avec mes p'tites économies... j'peux p'us voir du raisin... même en dessin sur une boite de chocolats... ça m'donne de l'urticaire ! Mais bon les jeunes... j'suis pas là pour vous démoraliser et pis vous couper les jambes avant même d'commencer... hein... Vous savez... tout c'que j'veux... c'est qu'vous fassiez bien vot'boulot et pis qu'vous vous foutez pas d'ma gueule... ouais... mais j'suis pas un méchant... si vous êtes tous réglos on va bien s'entendre... et pis y aura pas d'problème...

Notre arrivée au domaine coupe le vieux dans son élan, sonnant là la fin de sa confession.

- C'est ici les jeunes... terminus tout l'monde descend... hein ! Allez... on s'laisse pas abattre... c'est qu'le début... dit-il sur un ton étrange, comme s'il cherchait à se rassurer à travers nous et à grappiller je ne sais où le courage qu'il ne trouve plus nulle part.

Puis c'est dans une première allée étroite et non goudronnée qu'il avance la voiture, pour pénétrer dans une autre tout aussi exiguë et qui permet tout juste au véhicule d'accéder à la cour intérieure de la maison. Le vieux ne manque pas de nous faire une dernière remarque.

- Elle est pas très pratique cette fichue allée... on peut même pas ranger l'tracteur dans la cour... on est obligés d'le laisser dehors... et pis avec les Gitans qui rôdent dans l'coin de plus en plus... on sait jamais c'qui peut s'passer ! Heureusement... on a un bon cabot qui sait s'faire entendre et pis nous prévenir du danger... mais y est pas méchant pour un sou... n'ayez pas peur... z'êtes pas effrayés par les chiens ? s'enquit le vieux.

Personne ne semble l'être parmi nous, ce qui le rassure.

Le vieux est aussi étrange qu'imprévisible. J'ai du mal à croire en l'existence d'un personnage aussi bizarre. Mais je ne sais pas encore que je franchis les portes d'un repère de gens aussi fous que singuliers, étranges, de drôles d'énergumènes formant de vrais concentrés d'œuvre d'art à eux tous seuls, et dont les caractéristiques mériteraient un jour d'être représentées en peinture par des couleurs aussi flashy qu'extravagantes. Je pénètre au sein d'un *« no where's land »* où jeunes comme vieux se rencontrent tandis qu'ils partagent ensemble une tranche de vie bercée par le rythme fastidieux des cueillettes. J'accède ici à un nouveau royaume encore inconnu pour moi une seule journée auparavant, celui des excès. Excès de fatigue et de travail tandis que chaque jour, l'on croit épuiser ses dernières énergies. Excès de picole et de mauvais beaujolais, et de conversations aussi enivrantes que le vin dont nous abusons chaque jour un peu plus. Excès d'émotions, et de regards croisés avec des filles que l'on désire croquer comme des fruits paraissant aussi beaux que juteux à souhait. Excès d'un soleil radieux qui vous dorlote et qui vous dore la peau. Excès de folie et de sagesse en compagnie d'étudiants, de paysans, d'âmes perdues, d'alcooliques aussi, de sans abris. Excès d'engueulades. Excès de vie mais dans le mot vie il n'y a jamais d'excès à ce que je sache, au sein d'un univers que je découvre à peine tandis que pour la première fois de ma vie, je m'étire de tout mon long pour venir cueillir et goûter à son fruit doux et délicieux.

L'âme en peine

Ma première impression du patron : en moins d'une heure, il a réussi à mêler maintes facettes et personnalités diamétralement opposées et qui sèment trouble et confusion dans nos têtes déjà bien assez fatiguées et remplies. Nous sortons de la voiture, au sein d'une cour intérieure recouverte de vieux pavés poussiéreux et salis et parsemée de flaques de boue ça et là qui réfléchissent une lampe halogène. Nous nous dégourdissons un peu les jambes. Tel un fauve depuis trop longtemps enfermé dans sa cage et à qui on aurait soudainement accordé un bref instant de liberté, un chien robuste et rondelet, à la langue pendante et à la queue frétillante, fait une apparition des plus théâtrales, cherchant visiblement à tout essayer pour se faire remarquer. Il surgit d'une grange située à quelques mètres de nous et d'où l'on peut entrevoir stockées de grandes et larges cuves volumineuses. Il s'avance vers nous, tantôt câlin tantôt craintif, aboyant de tout son coffre et en rythme. Plusieurs fois, son maître lui ordonne de la boucler en lui gueulant un bon coup dessus, autoritaire. Mais prenant peu à peu confiance en nous, il finit par venir se lover entre nos jambes en continuant sa sérénade. Nous le caressons à tour de rôle alors que ses aboiements vifs et rugueux finissent par s'estomper avant de s'éteindre, jusqu'à ce qu'il se taise pour de bon. Très affectueusement, son maître le traite de sale bête en lui déposant une ou deux tapes amicales sur le dos, tandis que le chien continue à dodeliner de la queue en se pourléchant sporadiquement les babines à l'aide de sa grande langue baveuse et habile, comme s'il s'apprêtait là à très prochainement dévorer une gamelle alléchante, et nous offrant ici un mélange de bave et de poils poisseux déposés avec enthousiasme sur nos pauvres menottes en guise de cadeau de bienvenue.

Puis, c'est à nouveau sur un ton autoritaire que le patron nous invite à le suivre afin de nous faire faire une courte visite de notre nouvel environnement. Il s'est à nouveau renfrogné. Toutes les portes alentours donnent sur la cour intérieure rectangulaire qui forme le point central du domaine. Sur un des côtés de la cour, une large embrasure sans porte donne accès à une vaste grange composée de tôles et de poutres colossales, grange dans laquelle le raisin doit certainement sommeiller quelques mois avant de se transformer en un breuvage enivrant et repère des souris et autres petites créatures de campagne. Face à la grange, à quelques mètres de là, une charmante montée d'escaliers composée de vieilles pierres irrégulières et garnies de géraniums mène tout droit à l'habitation principale des patrons. C'est ici que l'on doit s'adresser en cas de problème. De son index poilu et potelé, le vieux indique la porte du dortoir des filles à Géraldine, une sorte de bungalow à l'état de préfabriqué que l'on peut voir sur les chantiers de constructions nouvelles et planté dans un coin de la cour. Pas très intime comme endroit, pensé-je, il peut accueillir jusqu'à huit personnes sur ses quatre lits jumelés. Le patron lui suggère d'y choisir un lit avant d'y installer ses affaires, lui précisant qu'elle est la première, tandis que secrètement, je m'empresse déjà d'imaginer les autres filles arriver, comme un lycéen fou et d'humeur primesautière, amoureux et en rut, qui n'en pourrait plus d'attendre de découvrir une ou deux nouvelles meufs canons et généreusement charpentées dans sa nouvelle classe de Terminale. Et dans l'état dans lequel je suis, en chien depuis plus d'un an, tout comme le clébard du vieux Filon, je pourrai ainsi me lover entre leurs jambes, totalement ridicule mais néanmoins incontrôlable. Quant à Vincent et moi, il nous incite à le suivre derrière la maison, marchant dans le noir et à l'aveuglette en direction d'un vaste jardin dont il est encore difficile d'estimer la surface, pour finir par rejoindre le dortoir des garçons niché un peu plus loin.

- Voilà… c'est ici qu'vous dormirez… vous êtes les premiers aussi alors choisissez bien vot' lit… posez vos sacs et pis j'vous montrerai les douches… vous vous organisez comme vous voulez mais j'veux voir tout l'monde prêt dans la cour à sept heures dix pétante… on vous attendra pas… et pis j'peux vous jurer qu'si vous êtes pas dans la cour à sept heures dix… et bin y aura pas d'paye pour toute la journée… on vous embarque et pis vous commenc'rez à sept heures et demi… vaut mieux démarrer tôt l'matin parce qu'y risque de chauffer c't'année et y vaut mieux bosser à la fraîche… on finira jamais après cinq heures… tout travail bien fait mérite repos… finit-il par se radoucir.

Sans cesse, l'humeur du patron oscille, s'arrêtant pour l'instant sur le mode taciturne. Sept heures et demie. Ça va bien me changer tout ça. Pour une fois, c'est moi qui irai déposer le café au lit du coq du village. Le patron nous énumère anxieusement les conditions de travail tout en se frottant les yeux avec insistance tandis que nous choisissons nos lits ; après quelques secondes d'hésitation, j'opte pour la plus moelleuse des planches en bois.

Le dortoir, de prime abord spartiate et de style militaire, nous offre une vue imprenable sur un plafond grisâtre, sur des murs sans fenêtres et ornés de grandes fissures et de toiles d'araignées d'époque et choisies avec attention. À l'entrée de la pièce, un lavabo collectif aux robinets étincelants de poussière et à l'évier d'un blanc ocre et raccordé à la va-vite, occupe toute la largeur de l'espace. Huit lits superposés, constitués d'un vieux métal poli et usé, donnent au dortoir une impression de grandeur et d'espace. Un tapis non pas persan mais percé a été déroulé pour l'occasion en plein milieu du dortoir pour venir y habiller un parquet bétonné et dénudé, ne manquant pas d'apporter un peu de chaleur à notre nouveau nid douillet. Enfin, un petit lustre d'un aspect un peu grisâtre a été volontairement brisé pour laisser passer davantage de lumière et pendouille au plafond, mal connecté, laissant apparaître une paire de dominos électriques accrochés maladroitement. Monsieur Filon sait recevoir ses invités, les accueillant dans un cadre des plus agréables et respirant la propreté. Cet excès d'attentions préalables réussit à me mettre un peu de baume au cœur !

- D'autres personnes vont arriver ? On est combien au juste ? s'enquit Vincent auprès du patron.
- Pour l'instant… vous êtes trois… et pis y a Robert, Henri et Tito… qui sont déjà dans la cuisine… des habitués d'longue date… exceptionnellement y aura pas d'dîner ce soir… y est déjà trop tard… mais par contre y a tout d'quoi s'faire des sandwichs dans la cuisine… j'vais vous montrer. Ma femme vous expliqu'ra… c'est elle qui prendra l'relais… moi j'vais m'coucher j'suis vanné ! Une longue journée d'travail nous attend d'main… j'suis crevé… j'vous conseille d'pas trop tarder non plus… vous allez pas chômer… mais vous faites c'que vous voulez… du moment qu'z'êtes bien prêts à sept heures dix ! Pour ce soir… y a encore trois filles d'Marseille qui devraient plus tarder… ça m'fait penser j'vais les appeler maint'nant elles sont pt'être perdues… les derniers arriv'ront d'main… vous verrez bien d'ici là… vous s'rez treize au total et ça f'ra quinze en tout en comptant mon fils Pascal et pis moi. J'vous montre les douches vite fait… j'appelle les filles et j'vais m'coucher… j'en peux plus… murmure le patron éreinté.

Nous quittons le dortoir, il nous montre les deux douches individuelles, elles semblent assez récentes. Deux douches, treize personnes, il va falloir bien s'organiser, songé-je. Géraldine est en état de méditation dans la cour, marchant à pas lents et lascifs en adoptant la forme de la cour, et attendant certainement Vincent, en fumant une roulée. Il fait très doux et seul un pull suffit largement pour vous éviter de grelotter. Je m'emplis les poumons d'un air frais et pur émanant de toute cette belle campagne environnante, air aussi savoureux que la mie blanche d'un pain sortant à peine du four et que l'on aurait cuit au feu de bois, tandis qu'à mon tour je lève la tête pour admirer la voie lactée avant de sortir une cigarette. Hormis le chien qui s'affaire à rogner minutieusement un bel os à moelle élimé qu'il va certainement réduire en bouillie avec un peu de détermination et de temps et qui crée un léger grognement en arrière-fond, seuls le calme et le silence règnent ici. Vincent rejoint Géraldine et s'allume une roulée.

Le patron vient de nous indiquer le chemin à suivre pour accéder à la cuisine lorsque nous entendons une voiture emprunter le chemin du domaine. Comme soudainement effrayé d'avoir à dire un mot de plus et peut-être lassé d'avoir trop pris la parole, le vieux se hâte de nous serrer la main en nous souhaitant une bonne nuit. Il nous demande de prendre le relais au sujet des indications, nous acquiesçons en le saluant.

- Le petit déjeuner sera prêt à six heures et demi… et on décolle à sept heures dix… c'est tout c'que j'vous d'mande… conclut-il avant de nous quitter précipitamment, bien déterminé à ne plus croiser âme qui vive sur son chemin.

La mine renfrognée, d'un pas déterminé et la tête baissée, il gagne son *« chez soi »*, antre de ses angoisses et repère moisi de ses rêves devenus cauchemars avec le temps, le pauvre vieux semble harassé. Tournant le dos à sa vie avec résignation, il chemine sur la trotteuse de sa dernière heure, hasardeux, s'apprêtant à effectuer le grand plongeon une fois que le dernier coup de gong aura retenti avec résonance. Il arrive au pied d'un mur qui lui parait infranchissable et recouvert de gribouillages illisibles dont il est le propre auteur, équation insoluble de ses problèmes devenus trop nombreux.

Kitchen Soul

La voiture pénètre dans la cour, la lueur de ses phares nous aveuglant, éblouissant l'ensemble de la demeure, et le vieux a déjà fermé la porte à clé derrière lui. La conductrice coupe le contact du moteur et descend.

- André Filon, c'est bien ici ou on s'est encore planté ? se renseigne-t-elle comme blasée et fatiguée de tourner en rond depuis plusieurs heures.

Deux autres filles attendent à l'intérieur de la voiture, entourées de bagages, couvertures et glacières, équipées et prévoyantes les filles. Parfaitement à l'aise et du tac au tac, Vincent répond en imitant la voix du patron.

- Oui c'est moi... je suis Monsieur Filon ! Et y va falloir être sérieuses les filles... sept heures dix pétante demain... prêtes dans la cour... et on fera un p'tit stretching pour s'échauffer avant d'partir ! Vous n'êtes pas venues ici pour rigoler et pis pour faire la farandole hein les filles vous êtes venues ici pour bosser j'espère bien !

La conductrice se demande où elle vient d'atterrir...

- Pardon... je n'sais pas c'qui m'a pris ! J'sais plus où j'en suis... surenchérit Vincent l'air faussement peiné et jouant la comédie.

Puis Géraldine s'empresse de mettre un terme à la blague en présentant gentiment Vincent... *« son imbécile de frère... »* aux filles. Yala !!! J'ai du mal à y croire... cette trop jolie rouquine à la peau de porcelaine... sœur de Vincent... aussi poilu que l'homme des cavernes. Quoiqu'il en soit, ils ne sont pas mari et femme mais bel et bien frère et sœur.

Le cabot dégénéré ressort à nouveau de la grange pour recommencer son rituel tandis que la conductrice effrayée et surprise fait un grand bond pour rejoindre la bagnole. Après les avoir longuement rassuré, les filles subissent le même cérémonial en osant descendre de la voiture. Et cette fois-ci, on a le plus grand mal à s'en débarrasser car son maître n'est plus là pour lui dire de calter. Nous essayons de le repousser à tour de rôle mais le clébard dégueulasse et tout enjoué prend ça pour un jeu et vient se recoller de plus belle autour de nos pauvres guiboles qui elles n'ont rien demandé. Après une lutte acharnée de plusieurs minutes pour réussir à nous en dépêtrer, nous sommes tous pris d'un fou-rire communicatif. Puis, après quelque temps, lassé, il se renfrogne et retourne à l'ouvrage sur son os, nous réussissons alors à nous présenter. Les filles semblent vannées et ont déjà mangé sur la route, elles rejoignent rapidement le dortoir pour s'y installer tandis que Géraldine, Vincent et moi empruntons le chemin de la cuisine.

- Vous l'avez pas trouvé un peu étrange le patron ? nous interroge Vincent.

- Ouais... c'est clair... et j'pense un peu raston sur les bords en plus de ça... acquiescé-je.

- Trop bizarre... ajoute Géraldine... il passe vraiment du gars méchant au gars gentil... comme ça... vraiment space... et effectivement... j'veux rien dire mais j'confirme... il est carrément raston tu veux dire... et puis t'as vu un peu comment y t'as maté à la gare de Villefranche ?

Son ton naturel me donne l'impression qu'on se connait depuis toujours, je suis impressionné par sa spontanéité. Encore une fois, je garde l'épisode du téléphone pour moi, ne voulant pas attiser le brasier dès le premier soir.

Tous les trois visiblement marqués par notre rencontre avec ce personnage de rustre mélancolique, son évocation nous permet de faire évoluer nos échanges laborieux des débuts en une véritable conversation, naturelle et chaleureuse.

Une fois parvenus au niveau de la cuisine, nous nous heurtons à une porte close. Après plusieurs tentatives infructueuses pour l'ouvrir, nous entendons des pas se rapprocher de l'autre côté.

- J'aaarrive j'aaarrive faut pas forcer ça sert à rien !!!

Tout de suite, je reconnais le timbre de voix aigu de la femme du patron avec qui j'ai un peu conversé l'avant-veille au téléphone, la vieille dame avec un accent du sud particulièrement prononcé. À l'opposé de son mari, le ton de sa voix est chargé de bienveillance, et on pourrait croire qu'elle chantonne à chaque fois qu'elle prend la parole. C'est au sein d'une cuisine spacieuse qu'elle nous accueille.

- Entreeezzz entreeezzz faut pas forcer sur la porte... elle ne s'ouvre que de l'intérieur... asseyez vous les jeunes... y a d'quoi manger un morceau sur la taaable... y faut qu'vous preniez des forces pour demain...

Tout comme son mari, la maîtresse de maison est quelque peu rondouillarde. Elle porte un tablier orné de minuscules fleurettes de printemps, une paire de lunettes accrochée autour du cou à l'aide d'un collier doré pend sur une poitrine volumineuse et tombante. Une seconde paire est posée à l'extrémité de son nez.

La cuisine est modeste mais coquette et surtout, ce qui me marque le plus, c'est qu'elle est extrêmement bien ordonnée, tout comme celle de ma mère. Des ustensiles permettant de cuisiner pour un régiment de soldats pendouillent sur de gros crochets doublement soutenus par une épaisse plaque de métal largement fixée sur un des quatre murs. Des casseroles en fonte, des marmites massives, et différentes tailles de passoires en acier y sont suspendues. Tout comme dans notre propre cuisine, un large meuble en formica trône tout au fond, il fait le double de taille mais parait relativement similaire, à la différence que celui-ci est couleur blanc ocre, cela me fait sourire. Trois longues tablées sont recouvertes de trois nappes en plastique identiques, à carreaux bariolés à dominante mauve ; elles sont impeccables et l'on peut discerner des traces de lavette qui forment encore quelques circonvolutions humides sur le point de disparaître. Et des bancs quelque peu branlants ont été sortis du grenier pour l'occasion, le genre de bancs où les convives assis aux extrémités peuvent valdinguer à terre si tout le monde ne quitte pas la table au même moment. Un pique-nique improvisé et largement achalandé nous attend en guise de buffet. Je commence à avoir vraiment la dalle et à la vue de baguettes fraîches, fromages, cornichons, et salade de carottes, je retrouve ma bonne humeur. Tous ces aliments exposés me mettent l'eau à la bouche. Les sensations provoquées par ma rencontre avec le patron s'estompent progressivement, jusqu'à en devenir presque floues.

C'est dans ce contexte que nous faisons la connaissance de Robert, Henri et Tito, trois acolytes hors du commun et qui viennent tous trois de patelins voisins, se connaissant depuis tous jeunes et fréquentant le domaine de la famille Filon depuis des années. Ils vont faire les vendanges avec le reste de l'équipe. En face de nous, accoudés à la table du fond, celle située au plus proche des fourneaux, et alignés sur un banc tels trois frères complices, ils conversent tous trois avec la patronne qui elle, pendant ce temps-là, est en train de s'affairer à terminer la vaisselle. Chacun d'eux a son godet à la main et un pichet en faïence est posé au milieu de la table. À chaque fois que l'un d'entre eux a le broc entre les mains pour se servir un coup à boire, c'est d'une manière généreuse qu'il ré-arrose ses deux complices avant de se resservir lui-même. Et toutes les cinq minutes, ils ne manquent jamais une seule brèche pour lui sortir une connerie ou deux, à la patronne. Des blagues souvent grivoises mais sans jamais aller trop loin, rien de bien méchant. C'est juste les trois amusettes, les trois bons vivants du village. Je me sens rapidement à l'aise en leur compagnie, des gars du peuple, des vrais, des durs, mais des généreux. Et la patronne qui rit de bon cœur avec eux, se tordant de temps en temps en deux, est obligée de marquer des pauses régulières dans son ouvrage, les deux mains immobiles invisibles et englouties au fond du bac à vaisselle, ce qui la ralentit un peu plus à chaque fois. La scène est pourvue d'un vrai sens comique, et tous les trois, nous hallucinons complètement en souriant avec eux. La patronne nous ressert à deux reprises de la soupe maison réchauffée et nous avalons de copieuses assiettes de sandwichs, jusqu'à nous sentir totalement repus.

C'est Tito qui nous adresse le premier la parole. Je reste assez surpris car il est courtaud et trapu, ventripotent, et vêtu d'un t-shirt bleu azur tacheté avec une paire de bretelles noires qui ne le quittent presque jamais excepté pour aller dormir et qui lui soutiennent un bidon extrêmement proéminent, alors que c'est une voix aiguë, nasillarde voire puérile qui lui sort de la bouche, on dirait qu'il n'a jamais mué. Il porte une grosse moustache mal taillée et le reste de son visage est poupon et piqueté çà et là d'une barbe de trois jours irrégulière. Deux culs de bouteille lui font office de lunettes. Régulièrement, lorsqu'il les retire quelques secondes pour les essuyer juste un coup, le plus souvent sur son t-shirt tout aussi gras que la paire de lunettes, on voit bien qu'il vous parle en vous fixant d'un regard un peu vague et rêveur, branché en mode Stevie Wonder. Tito est quelqu'un de badin et de jovial, simple et sympathique, sans aucune pensée négative ou malsaine qui lui traverse l'esprit quand il vous adresse la parole, et tout ça, il le porte sur son visage.

- Servez-vous un tiot canon les jeunes... faut pas s'laisser abattre vin'diou... Jocelyne... sers-leurs donc une tiote canasse à ces jeunes ou y vont s'déshydrater en moins d'deux... les pauv's... y vont jamais oser d'mander même une ziquette de vin et pis j'suis sûr qu'y z'ont soif !!!

Tito a un accent bien chiadé de la campagne.

Un épi gris et hirsute pointant continuellement derrière la tête comme une minuscule antenne perchée tout droit vers le nord, Henri inséparable compagnon de Tito, est tout son contraire en matière de physionomie. Il est grand et sec comme un coup de trique, cheveux couleur poivre et sel virant davantage vers le sel que le poivre, une moustache presque totalement blanche finement taillée et posée juste au dessus de sa lèvre supérieure, tandis qu'il porte quasi continuellement un bleu de travail. Une légère cyphose lui donne une attitude nonchalante et une allure à la posture voûtée mais malgré ça, il semble toujours dépasser Tito au minimum de deux têtes. Sans cesse, Henri porte la roulée au coin du bec, tandis que Tito lui ne fume pas du tout, il trouve ça dégueulasse comme il va nous le répéter si souvent. Car Tito est quelqu'un qui se répète souvent, souvent, souvent. Henri et Tito doivent avoir une bonne soixantaine d'années bien tassée, et ce soir-là, ils sont déjà tous deux biens soûls, la bouche asséchée et les lèvres bleuies par la quantité de vin rouge qu'ils ont déjà allègrement ingurgitée. Ils sont tous les deux gratinés à vrai dire. Avec Géraldine et Vincent, nous allons rapidement prendre l'habitude de les surnommer Laurel et Hardy. L'un ne va jamais sans l'autre, et ils n'arrêtent jamais de se chamailler une seconde, tandis qu'au fond, on peut percevoir une réelle amitié bien scellée et qui les lie tous les deux, ils s'adorent.

Ainsi, ce soir, Henri réplique à Tito :
- Tu crois p't'être qui vont t'comprendre avec ton accent d'bouseux des campagnes, c'est des jeunes étudiants d'la ville, fais un effort Tito. Merde !!!

Puis, avec bonhomie, il s'adresse à Géraldine en articulant chacune de ses syllabes avec une application exagérée, tout en lui souriant d'une manière quelque peu obséquieuse :
- Vous êtes de la ville Mademoiselle ? Étudiante dans quel domaine ?

Sans laisser le temps à Géraldine de répondre, Robert et Tito explosent presque d'un rire convulsif et simultané, clouant le bec à Henri qui tourne la tête vers eux en les regardant d'un air hébété, alors que Tito s'empresse déjà de se lever en faisant grincer sa chaise sur le carrelage et qu'il prend une voix grave en courbant les épaules vers le bas afin d'imiter au mieux Henri :
- Vous êtes de la ville Mademoiselleeeeeee ? Vous êtes étudiante dans quel domaineeeeeee ??? Ouahhh l'autr' y joue l'vieux beau en parlant un bon françoooiiis alors qu'y sait même pas c'que ça veut dire étudier !!!

La patronne et Robert s'esclaffent de bon cœur tandis que nous sourions tous les trois à notre nouvelle compagnie. Seul Henri, ne rit pas du tout et ajoute écoeuré :
- On peut jamais parler sérieusement dans cette putain d'baraque, j'en ai ma claque…

- Vas-y Henri fais pas la gueule et sers-toi une tiote cannasse... tiens Jocelyne mets trois canons à ces jeunes on va boire un coup à la santé d'Henri, notre nouveau jeune prix Nobel de soixante-dix piges ! persévère Tito qui agace Henri de sa voix nasillarde, alors que les rires des autres redoublent d'intensité.

La patronne nous sert un bon verre de vin bien tassé que je porte à mes lèvres et avale d'un trait afin de me plier à la coutume, sans réussir à masquer une grimace. Je n'aimais pas le vin avant ça mais qui n'aime pas le vin a tout le temps pour apprendre à l'aimer pendant les vendanges.

Je suis très impressionné par Robert. Il faut dire qu'il est taillé comme un roc et qu'il est de nature impénétrable. Pourtant, au fond, c'est un gars sensible, mais qui ne parle pas beaucoup, c'est tout. Roberto, ou « *Robe Love* » pour les intimes. Un gars aux biceps aussi développés que mes cuisses et maculés de vieux tatouages de l'armée, verdâtres et devenus presque illisibles avec le temps. Plus jeune qu'Henri et Tito, Roberto doit bien s'approcher de la soixantaine, pourtant je n'aimerais pas le voir énervé en face de moi. Il a les cheveux gominés et qui sentent fort bon la brillantine, le teint hâlé voire rubicond, toujours fraîchement rasé de très près le matin, propre et sentant bon l'après-rasage, des yeux expressifs, noirs et ternis, et qui peinent malgré tout à s'ouvrir et à voir le jour, comme un nouveau-né, traduisant là une fatigue chronique après les mines qu'il collectionne chaque soir comme de bons vieux soldats de plomb agglutinés sur une étagère. Malgré tout, il continue d'avoir la classe américaine Roberto.

Ce soir-là, nous restons un moment dans la cuisine à faire connaissance, repus et nous resservant deux ou trois fois du vin. Le duo « *Henri et Tito* » est attachant et m'amuse particulièrement. Le pinard s'empresse de ne faire qu'un avec mon sang et me fait vite tourner la tête. Je suis loin de chez moi et je me sens bien, désinhibé, l'ivresse irrigant chaque sillon des rizières de ma spontanéité depuis trop longtemps enfouie. Avec l'émotion et la fatigue, je suis déjà un peu ivre au troisième verre, et je comprends qu'il vaut mieux picoler doucement car Tito ne supporte pas la présence d'un verre vide posé plus de deux secondes sur la table. Les trois Marseillaises nous rejoignent à un moment mais elles sont trop épuisées pour répondre aux trois joyeux lurons qui les mitraillent de questions. Fatiguée elle aussi, la patronne quitte les lieux en nous priant de bien prendre le soin de remettre la cuisine en ordre et de laver les verres. Elle serre la main à chacun d'entre nous, les six nouveaux, tandis que Tito feint de lui baiser la main, ce qui la fait rire. J'apprécie la confiance qu'elle nous accorde immédiatement. Après ça, tout commence à devenir un peu flou. La fatigue du voyage cumulée aux émotions emmagasinées tout au long de cette journée me fait valser tous les sens. Les trois filles, Caroline, Hélène et Louise, s'asseyent peu de temps avec nous avant d'aller rapidement dans leur dortoir. Seulement, elles restent assez longtemps pour attiser les commentaires et désirs des deux volcans sexagénaires en éruption, Robert et Tito, qui ont tout de même la décence d'attendre que Géraldine s'en aille aux toilettes pour nous faire quelques remarques. Tito joue les cadors :

- Faut y aller, faut taper d'dans là hein les jeunes y a pas d'temps à perdre…!!! nous visant de la binocle Vincent et moi… Min homme y a d'quoi faire Robert !!! Si on avait une bonne vingtaine d'années en moins… ce s'rait déjà à nous les p'tites pépées !!! Hein ouais Robert ? Pas vrai c'que j't'e dis p't'être ?

Pensif et le nez directement plongé dans une nostalgie latente, c'est lentement que de la tête, Robert rêveur, essaye encore d'attraper et de tirer sur les ficelles de sa jeunesse révolue depuis longtemps déjà.

- C'est bien vrai Tito c'que tu dis… bien vrai…

La cave

Nos trois compères vont bientôt se pieuter, ils ne vivront pas dans le même dortoir que Vincent et moi, partageant à eux trois une autre dépendance de la maison. Vincent s'emballe un dernier coup en nous proposant d'aller marcher dans le village tous les trois, avec Géraldine, sa sœur.

- Pas trop longtemps… juste de quoi s'dégourdir les jambes… découvrir un peu l'village et s'fumer un p'tit pète… Tu fumes ou pas Walid ?

- Ma foi j'suis venu ici sans matos l'histoire de faire une p'tite cure et de m'aérer un peu les idées… Mais d'là à refuser votre offre… j'irai pas jusque là… Ça serait malpoli… Alors avec plaisir…

Ils semblent tous deux naturellement gentils et déjà, leur simple présence me réconforte, et je me sens touché par leur proposition. Au final, je crois qu'ils m'aiment déjà bien eux aussi, c'est comme si l'on présageait qu'on allait bien s'entendre sans pour autant toujours éprouver le besoin de se parler pour se comprendre ; et comme si on se connaissait depuis longtemps, les moments de silence qui balisent régulièrement nos conversations ne nous mettent pas mal à l'aise, étrangement.

Nous nous apprêtons à quitter le domaine lorsque nous entendons une série de rires étouffés provenant de la dépendance des trois lascars : Robe love, Henri et puis Tito. Notre curiosité prend le dessus et nous faisons un détour par chez eux pour partager ce qu'il y a de si drôle. Henri est allongé, dead mort dans son cercueil, ou plutôt sur le matelas du haut du lit superposé qu'il partage avec Tito, les deux mains croisées et repliées sur son torse tel un vrai pharaon macchabé. Les deux jambes écartées, il dort en marcel et en slip comme seul pyjama et pour unique couverture tandis qu'il ronfle déjà comme un bon vieux moteur de tracteur.

Seuls ses deux pieds dépassent par les barreaux du lit trop petit pour ses longues guiboles, et Robert et Tito ont ficelé les lacets de ses deux godasses autour de ses chevilles, de sorte que les chaussures pendouillent dans le vide. Ajoutez à ça l'odeur de pet, de vieille vinasse qui suinte de tous les pores de la peau, et de putois mouillé qui règne dans cette chambrette champêtre et fort mal aérée, et vous obtiendrez la recette magique des effluves du duo détonnant formé par Henri et Tito qui ne sont manifestement pas des adeptes du concept de la toilette quotidienne. Robe Love se démarque nettement des deux autres en matière d'hygiène et vient ajouter à ce cocktail d'odeurs corporelles douteuses une petite touche d'after-shave insuffisante pour couvrir les effluves de charnier. Nous rions de bon cœur avec eux un instant avant de leur souhaiter une bonne nuit, leur expliquant qu'on va juste faire le tour du village. Bienveillant et paternaliste, Robert ne manque pas de jouer son rôle de daron en nous faisant un peu la morale d'un ton solennel.

- Faites-y gaffe les jeunes… sachez qu'ça va faire mal d'main matin si vous la faites trop longue… l'patron y rigole pas… vous faites les fiers ce soir… vous f'rez moins les malins d'main matin à sept heures dix… mais c'est comme vous voulez j'vous aurai prév'nu au moins…

Bien conscients qu'il a raison, et que la fatigue d'une trop courte nuit additionnée à celle du voyage risquent de faire de notre première journée de taf un enfer, nous prenons néanmoins la route pour une balade nocturne, l'insouciance reposant sur nos épaules juvéniles comme sur la mentonnière de notre violon imaginaire, et c'est fiérots et brandissant notre archet que nous empruntons la route du village pour y interpréter un solide Bluegrass sortant tout droit du plus profond de nos tripes. Le sol est mou et d'un noir céleste, comme si le bitume avait été fraîchement refait pour accueillir nos pas, ici, ce soir, ce qui donne un aspect agréablement fantomatique et silencieux à l'adhérence de nos baskets sur le macadam. Pas un seul bruit de moteur ne rôde à la ronde. Nous sommes tous les trois un peu gais, mais pas trop bourrés, ce qui rend le climat propice à la conversation. La nuit est belle et un beau croissant de lune entouré d'une lumineuse voie lactée nous fait office de lanterne pour éclairer notre chemin, nous évitant de terminer dans les fossés peu profonds bordant les deux côtés de la route. Puis, c'est après vingt minutes d'une marche paisible et réparatrice que nous sommes guidés par la lumière des réverbères qui commencent à briller au loin comme des lucioles, appel de la place publique. Sur la route, à plusieurs reprises, Géraldine et Vincent me racontent avec exaltation des épisodes tirés de leurs expériences de cueillettes.

- Tu vas voir… c'est physique mais tu pourras plus t'en passer après… franchement c'est du taf mais t'es dehors… souvent y fait beau… parfois t'es pas trop mal payé… surtout avec les abricots… c'est au poids donc tu peux t'faire pas mal de blé… la dernière fois… aux abricots… on était à l'air frais… dans les Cévennes… trop beau… trop nature comme région mec ! m'explique Vincent.

- Ouais… en plus c'est toujours porteur de rencontres en tous genres… y a tous les âges… tous les bords… toutes les classes sociales… tous les styles… franchement… t'as vu les gars là ce soir… la patronne… bon l'patron un peu zarb' c'est vrai… mais les autres y sont gentils… c'est des bonnes expériences sociologiques… franchement… j'préfère dix fois faire ça… même si ça t'pète un peu le dos sur le moment… pour remplir le compte en banque… plutôt qu'de travailler au Mac Do… surenchérit Géraldine.

Cela me fait sourire. Ils ont plus d'une anecdote rangée dans leur tiroir et me racontent des histoires pleines de saveur. Ils animent la conversation, usant d'expressions et de gestes théâtraux pour illustrer leur enthousiasme. Ils m'expliquent qu'il est possible de faire des cueillettes un peu partout en France, mais aussi en Europe, pendant une bonne partie de l'année. Les clémentines en Corse, les fraises au Danemark. La joie me monte aux tripes, comme celle d'un gamin qui viendrait de remporter une énorme poignée de billes dans une cour d'école, rien qu'en les écoutant et en les regardant s'animer. Et je suis excité comme un vieux puceau, alors que je découvre enfin de nouvelles perspectives dans la vie, et que je trouve une première clé pour me libérer du prisme dans lequel je me suis emprisonné tout seul depuis plusieurs années. Quant à moi, je n'ai pas encore beaucoup d'anecdotes à raconter ; alors je préfère poser des questions, et écouter, écouter, écouter, tout en brisant peu à peu une première chaîne, et puis une autre, et puis encore une autre. Je me sens bien avec eux, c'est déjà pas mal.

- Et sinon toi tu fais quoi ? me questionne Géraldine après qu'un silence se soit provisoirement installé.

Je réfléchis...

- Rien de spécial... j'suis un peu paumé à vrai dire... leur confié-je. J'ai passé l'bac y a d'ça deux ans... j'l'ai eu... cool... et pour l'instant... j'passe l'ennui comme je peux... tout en cherchant ma voie...

- Bienvenue au club ! ajoute-t-elle.

- J'ai été autrefois champion du Nord de Jokari... et je joue à présent du tambourin dans un club de majorettes ! lancé-je sans le moindre sourire transparaissant sur mon visage impassible.

C'est Géraldine qui me fixe en premier d'un œil quelque peu interloqué, son visage en même temps teinté d'un soupçon de crédulité enfantine. À nouveau, sa beauté naturelle me noue l'estomac, ce à quoi je vais devoir m'habituer pendant ces vendanges.

- J'plaisante... leur précisé-je, gardant toujours l'air sérieux.

Elle interpelle son frère en lui tapant l'épaule du revers de sa main gauche :

- Hé Vince, j'crois bien qu'on a affaire à un p'tit pince sans rire... sans déc' y a l'air de bien cacher son jeu... l'ami Walid !!!

Découvrant soudain la supercherie, Géraldine se met à me taquiner. Encore une fois, je suis fasciné par toute l'assurance qu'elle est capable de dégager au travers de chaque pore de sa peau.

- Plus sérieusement... j'fais pas mal de braderies... ouais... j'suis toujours à la recherche de vieux vinyles... ou de moins vieux… ça dépend… dis-je toujours timide et peu sûr de moi, comme si j'étais à poil au beau milieu des vestiaires d'une piscine de classe primaire.

Sauf que là, pour une fois, ce que j'exprime a l'air d'intéresser l'assemblée, ils sont attentifs et concentrés sur ce que je leur raconte.

- Ouais, j'suis plutôt fan de vieux trucs… de blues, de jazz… de chanteuses à la Ella Fitzgerald… Billie Holiday… Bessie Smith… Le genre de truc qui t'berce… qui t'caresse les oreilles quoi… On vit tell'ment dans un monde de brutes… qu'y a rien d'tel pour se faire du bien… Alors quand j'trouve des vieux trucs originaux… des bons vieux vinyles… bon bin y'en faut pas beaucoup plus pour me rendre heureux…

- Ah ouais OK ! Quand tu parles de braderies, nous on appelle ça vide-grenier… C'est intéressant tout ça ! me dit Géraldine avec sincérité…

Quant à Vincent, il écoute lui aussi.

- Y a un big truc à Lille… la braderie d'Lille… c'est ça non ? demande-t-il. J'y suis jamais allé mais j'en ai déjà entendu parler… Tu dois avoir de quoi faire niveau vinyles là-bas !!!

- Ouais carrément… c'est même la plus grande braderie d'Europe… en fait… bin moi j'habite à cinquante kilomètres de Lille… dans un trou paumé… à côté d'Valenciennes…

Vincent reprend la parole :

- On va pt'être se craquer l'pète avant d'arriver dans l'centre, non ? Qu'est-ce que vous en pensez ? C'est pas qu'y a grand foule ici mais on va essayer de pas s'faire remarquer avant notre premier jour…

Le village est si calme qu'on pourrait s'asseoir en plein milieu de la route, c'est d'ailleurs ce que nous faisons en prenant place tous les trois sur le bas-côté. Visages dans la pénombre, bribes de conversations, pétard qui crépite, au bout rougeoyant et incandescent, décidément c'est toi qui a raison Mary Jane, c'est beaucoup plus agréable de te partager, tu traverses nos corps et nous nous unissons. On fait connaissance en parlant de chacun d'entre nous tout en passant un bon moment autour de toi… je suis toujours un peu tendu mais j'apprécie cet instant de sérénité qui règne ici soudain, comme je me détends peu à peu. Je fais des blagues, ou bien j'essaye d'en faire, maladroitement parfois, mais ça fait longtemps. Des conneries pas toujours drôles, mais de temps en temps quand même, et puis le plus important, ça ne resterait pas de participer après tout ? Je ne sens aucun jugement autour de moi, autour de nous, personne ne semble être là pour ça. Et du plus profond du cœur, c'est secrètement que je commence déjà à remercier ma chère mère restée là-haut dans l'Nord, celle qui doit continuer à penser à moi, celle qui doit continuer à veiller sur moi enfermée dans une étoile à l'étroit. *« C'est pas bien l'pétard pour ta santé Walid… j'te l'ai toujours répété… ! »* Trois bons à rien prêts à tout sur une route de campagne fraîchement goudronnée, trois bons à rien prêts à tout au cours de cette nuit noire et bucolique. Le feu de la conversation s'éteint progressivement, nous laissant tous les trois plongés dans nos pensées, sentant la fatigue nous envahir. C'est Vincent qui reprend la barre de notre navire, comme à son habitude. Vincent est quelqu'un de spontané et qui aime prendre des initiatives, il nous propose de faire quelques pas dans le centre du patelin.

- Allez les jeunes on s'laisse pas abattre. Il fait un effort pour se remettre sur ses deux pieds en soupirant. On va aller voir c'qui peut bien s'tramer du côté d'cette lumière ! Y a pt'être bien un vrai Eldorado qui nous attend là-bas à quelques mètres !

Décidément, j'apprécie beaucoup sa spontanéité. Je fume la dernière latte tout en faisant une petite pichenette à Mary Jane qui vient atterrir dans le fossé en s'éteignant. Après s'être laborieusement relevé, nous reprenons notre marche.

Hormis l'unique cabine téléphonique qui y trône, la minuscule place du village ne présente aucun attrait touristique, un terrain de pétanque et trois saules pleureurs qui forment un triangle et dont les branches ballantes balayent le sol au rythme du vent qui s'est brusquement levé. Le café-tabac semble fermé depuis longtemps, mais nous pouvons malgré tout distinguer le bruit d'une foule qui chante, qui discute et qui rit quelque part au loin. Ce brouhaha provient d'une rue à quelques mètres de là, derrière la place. L'herbe fumée en compagnie de Géraldine et Vincent s'est soudainement transformée en un véritable jardin florissant qui a poussé aux quatre coins de nos cabochons engourdies et dont je peux distinguer des jeunes pousses dans les yeux de mes compagnons tandis que nous échangeons un sourire entendu. Notre curiosité va bien évidemment prendre le dessus et je me sens tout d'un coup inspiré. Ça n'est pas le genre d'herbe qui abat sur place et qui rend incapable de sortir le moindre mot pendant trois heures, juste un borborygme pour manifester qu'on a soif. Au contraire, c'est une weed qui me donne envie de rire et qui ouvre les vannes de mon imagination, mettant ma timidité de côté. Aussi, le contexte joue pour beaucoup au cours de cette nuit insolite. Nous nous rapprochons de l'endroit où se tient la soirée, à deux ou trois ruelles derrière la place, comme le bruit se montre de plus en plus distinct au fur et à mesure que nous avançons. Nous entrons dans une cour, la fête semble avoir lieu dans un sous-sol. Après avoir emprunté l'escalier qui mène tout droit à l'objet de notre curiosité, nous pénétrons dans une cave exiguë et bondée. Le nuage de fumée qui règne ici donne au lieu l'aspect d'un aquarium géant où de nombreux poissons d'espèces plus ou moins rares sont assis autour de longues tablées en bois. Quelques gros tonneaux usés font office de bar sur un des côtés de la pièce, et de vieux services de verres dépareillés et désorganisés sont disposés sur des étagères improvisées et quelque peu branlantes accrochées au mur à la va vite. Ces quelques détails probablement involontaires diffusent une atmosphère à la fois chaleureuse et surannée. L'endroit est pourvu d'un plafond assez bas, juste à peine de quoi se tenir debout, mais il est néanmoins doté d'une certaine profondeur. Il accueille une cinquantaine de loustics, et la population est majoritairement masculine cette nuit-là. Des bourrasques de rire sortent des quatre coins de la cave par vagues. Quelques gars commencent à piquer du nez, les yeux à moitié fermés et luttant contre la fatigue qui les tiraille par le colbaque pour les ramener à la raison, comme de vieilles rombières raisonnables. De pénibles journées de labeur répétitives les attendent au tournant. Ils semblent presque prêts à rouler des pelles à Madame la gerbe, la demandant langoureusement en mariage, la tronche aimantée à d'épaisses tables en bois.

Le principe régissant ce lieu de beuverie est très simple : tous les vendangeurs du coin s'y réunissent une fois la journée de labeur terminée pour discuter autour d'un verre, puis d'un autre, et d'un autre encore. Les trois personnes derrière les tonneaux servent des pichets d'un vin rouge sucré et pétillant qu'on sert en apéritif dans la région, et le prix reste honnête : sept euros le pichet d'un litre. Ceci pousse un peu au vice, et les vendangeurs à consommer sans modération, mais l'ambiance est simple et fraternelle. J'ai à peine vingt euros en poche, mais ce ne sera pas tous les jours que je me sentirai aussi vaillant. On a qu'une vie bordel, et j'ai comme une irrésistible envie d'exploser, alors je décide de déclarer un pichet et je vais chercher trois verres pour ma compagnie. Pas besoin d'être si calé que ça en maths pour effectuer l'opération, il ne me reste bien que treize euros pour survivre le reste de mon séjour. Mais l'insouciance du lendemain est un sentiment divin, exquis, lorsque l'on est frappé par la foudre de l'ivresse, à vot'bonne santé brothers and sisters. C'est probablement pour ça que tant de personnes se noient dans la picole. Nous nous regroupons autour d'un petit morceau de table au fond de la cave. Tandis que je frôle le bras de Géraldine avec mon coude en m'asseyant, un frisson me parcourt tout le corps, ce soir, il ne subsiste déjà presque plus de frontière entre nous trois autour de nos trente centimètres carrés de territoire. Beuvrages, où es-tu donc fourré, j'te l'demande ? Madame Gajda, comment te portes-tu? Que fais-tu donc dans ton cinquante-cinq mètres carrés, au même moment ? Tu dois dormir paisiblement, certainement. Ivre, je trouve cette scène surréaliste, me demandant même si je ne suis pas encore fourré dans un de mes nombreux rêves. Je peine à réaliser que je me suis enfin éloigné de ma cité, en si peu de temps, bing, disparition !! Tandis que j'atterris ici dans un tout autre environnement, et que je suis complètement dépaysé. Beuvrages, tu ne me manques pas encore pour être tout à fait honnête. Pourtant, je parle aussi de toi, décrivant ton visage terne et tes habitants anesthésiés qui sommeillent en attendant de meilleurs printemps. Et en même temps, je t'évoque avec beaucoup de chaleur, prêt à rosser celle ou celui qui s'aviserait de te manquer de respect. Après quelques renseignements glanés çà et là, nous comprenons que nous fêtons le début des vendanges. Mais pendant les vendanges, c'est tous les soirs que l'on fête le début des vendanges, le milieu des vendanges, la fin des vendanges, pour finir par ne même plus exactement savoir ce que l'on fête.

Dans ce troquet insolite, on pousse délicatement la chansonnette en tapant sauvagement sur les tables et en faisant trembler les verres. C'est la caverne secrète où chacun décompresse à sa manière tout en claquant la moitié de sa paye après des journées bien fracassantes. Du petit apéro tranquillou jusqu'à la murge dévastatrice, chacun y passe un temps libre adapté à l'envie du moment. Mais comme il n'y a pas grand'chose à foutre à la ronde passée les six heures du soir, pour sûr il y a du monde, dans la cave comme on la surnomme. Presque chaque soir, et malgré la fatigue qui nous meurtrit les articulations, on se retrouve soit dans le clan des grands détourneurs, soit dans celui des grands détournés lorsque l'on est trop fatigués ou que l'on n'a pas une thune, ce qui est souvent notre cas à tous les trois. Et tous les soirs après le repas, le cérémonial commence tout le temps à peu près comme ça :
- Alllllez les jeunes… juste un p'tit pour digérer… après direct on va s'coucher !

Aussi, ce lieu reste le grand carrefour d'une bonne centaine de regards croisés et volés à la dérobée, même si je reste davantage focalisé sur Géraldine pendant toute la durée du séjour. Mais rien que pour mater, la cave est à elle seule un vrai phantasme extatique, un pur baisodrome cérébral, même pas besoin de picoler, pour te sentir complètement enivré.

On continue d'évoquer un peu nos bleds et nos vies ce soir-là. Lyon semble être une ville intéressante mais pas ce qu'il y a de plus accessible niveau loyers et coût de la vie, et pour un étudiant précaire, il n'y fait pas bon vivre d'après Géraldine et Vincent.

 À eux deux, ils payent un second pichet. Nous bavardons un moment. Mais nous commençons tous les trois à vraiment fatiguer, et le nombre anormalement élevé de jumeaux qui quittent successivement la cave me convainc qu'il est temps de rentrer, quelque chose ne doit pas tourner rond. Déjà, les cloches de trois heures du mat' sonnent sur mon portable affolé lorsque nous revenons à la réalité. La cave se vide peu à peu et nous prenons conscience de la nécessité de rejoindre notre dortoir au plus vite pour ne pas nous écrouler comme de vieilles merdes le lendemain dans les vignes, les yeux révulsés et un filet de bave aux lèvres. C'est déjà certainement trop tard, et on va souffrir, mais pour l'instant, on s'en fout. Nous dépensons nos ultimes énergies le long de la route du retour, interminable, joyeuse et chaotique, nous défiant tous les trois de rentrer en mode *« Moonwalk »* jusqu'au bout pour tester notre résistance à la picole. J'ai la tête qui tourne un peu et le vent frais qui s'est levé me fait le plus grand bien. Arrivés à destination, nous souhaitons une bonne nuit à Géraldine, avant de rejoindre notre dortoir, j'ai envie de déposer un long baiser sur sa joue mais je me retiens. Vincent et moi mettons notre instrument de torture en marche, j'ai nommé le réveil de notre Nokia réglé sur 6h30. Je m'écroule dans le premier lit du haut après avoir gravi la petite échelle en chancelant, empoignant la couverture pour m'endormir comme un bébé sans même prendre le soin de me déshabiller. Vincent en fait de même, et la chambre résonne rapidement du bruit de nos respirations profondes et de nos ronflements.

Bons à rien

Mardi matin, premier jour de taf, mauvais réglage opéré sur le téléphone portable de Vincent, à peine trois minutes que nous nous sommes endormis et déjà le voilà en train de pousser la gueulante. Je fais un effort considérable pour soulever mes paupières et j'aperçois le jour qui filtre à travers les interstices de la porte d'entrée.

- Soleil, j'crois qu'on t'a pas sonné et qu't'as rien à foutre ici !!! Laisse-nous dormir vieux bâtard !!! pesté-je intérieurement.

Et les mots du patron cognent douloureusement dans ma tête comme si un monstre était venu me baver tout près de l'oreille :

- Seeept heeeuuurrres diiixxx pééétttaaantes !!!
- Merde… Vincent… Regarde un peu l'heure qu'il est… On est peut être déjà en r'tard... marmonné-je avec difficulté.

Ce matin, dans le dortoir, nous ne sommes que deux et il n'y en a pas un pour rattraper l'autre. Une minute passe avant que je n'entende Vincent gémir péniblement. Ses premières paroles, bredouillées d'une voix pâteuse, m'envoient un sévère électrochoc en pleine poitrine.

- Putain Walid ! Y est déjà sept heures moins dix ! Faut qu'on s'prépare direct… On a intérêt à bouffer un truc avant d'partir !

Me tirant du lit, je laisse une empreinte de doigts collée aux barreaux tant j'essaye de m'y agripper, le monde tournant beaucoup plus vite que tous mes vieux réflexes ankylosés. Je me passe la tête sous l'eau froide et un agréable frisson me parcourt le corps. Cela me fait du bien, trop peu. C'est avec négligence que je me brosse les dents avant d'enfiler de vieux habits de circonstance à la hâte. Nous nous pressons tous les deux pour arriver dans la cuisine à sept heures, Géraldine y est déjà assise, à peu près dans le même état que nous, nous la rejoignons discrètement. L'équipe est déjà presque au complet, il ne manque que nous. J'ai la tête coincée dans un étau et comme une impression d'être télé transporté dans un vieux film de science-fiction. Très vite, je réalise que personne ne parle et que tout le monde tire une gueule de trois mètres de long. Je me retourne vers Henri et Tito, ils ne pipent pas mot tout en gardant une mine déconfite à l'extrême opposé de leur exubérance éthylique de la veille. Ils boivent un café, tête baissée, plongés tous deux dans des pensées qui ont l'air macabre. Ce n'est que lorsque la patronne nous sert un café en pleurant que nous réalisons que quelque chose d'horrible s'est produit pendant la nuit.

- Les garçons... j'dois vous annoncer quelque chose... elle fait des efforts douloureux pour se maîtriser mais ne parvient pas à contenir des sanglots lorsqu'elle nous lâche le morceau. Mon mari s'est suicidé... Il s'est tiré une balle dans la tête... pendant la nuit...
Point, fin de citation, plus personne ne semble avoir faim. Il règne un silence de mort dans cette cuisine. Le vieux Filon n'est plus de ce monde, merde ! Effondrée, elle retourne à ses fourneaux, comme si rien ne s'était passé.
(Vas-y Walid !!! Frotte-toi les yeux un bon coup... Tu vas t'réveiller mec !!!)
Je suis encore à moitié bourré, et il est vain d'espérer déraciner mon mal de crâne en cette journée surréaliste. Je me sens dépassé, c'est alors que je décide de suivre le mouvement tout en puisant dans mes dernières ressources. Après quelques minutes, le fils fait son apparition, tandis que le manège dans ma tête refuse d'arrêter de tourner. Il se présente à nous, laconique.
- Pascal Filon.
Il a une petite quarantaine, et est vêtu d'un blouson sans manches couleur ocre et d'un chapeau en feutre orné d'une minuscule plume abîmée. Tout comme Robe Love, lui aussi est quelqu'un de robuste. De larges favoris encadrent son visage austère et mal rasé, et de flagrantes empreintes de cratères subsistent encore sur sa peau, séquelles d'une acné persistante. Un vieux mégot mouillé ne déloge jamais de sa lèvre inférieure, aussi fine que du papier à rouler ; la clope y est continuellement greffée

en adoptant le même mouvement que ses lèvres lorsqu'il parle, de sorte qu'on ne sait pas toujours si c'est l'homme ou la clope au bec qui prend la parole. Ses dents supérieures sont un peu noircies par le tabac. Pourtant, ses yeux noirs et dotés d'une lueur fuligineuse adoucissent son visage et donnent à ce personnage un certain charme malgré sa gueule abîmée. Ce n'est que lorsqu'il s'avance vers nous que je remarque qu'il porte une queue de cheval reposant sur une bonne partie de ses épaules. Sans même avoir ni un geste ni un mot pour sa mère ou nous donner une quelconque explication au sujet des évènements qui se sont déroulé au cours de cette nuit sépulcrale, il nous annonce stoïquement :

- On s'met en route... Tito c'est toi qui va conduire la voiture du père !

Je me demande même s'il est au courant que son père est mort, alors que son attitude dépasse presque mon entendement. Je croise le regard de Géraldine et Vincent, ils semblent choqués tout comme moi face à cette réaction impassible. Son visage, un menhir planté dans la terre, réussit à me glacer. Par la suite, il se montrera tout aussi lunatique et imprévisible que le vieux Filon, aux sautes d'humeur régulières, tantôt taciturne, tantôt joyeux.

Les uns après les autres, nous commençons à quitter la cuisine, terrain miné par cette ambiance sordide. La vieille dame sanglote, je ne la connais pas mais ça me fend le cœur de la laisser seule dans cet état, j'ai pitié d'elle. C'est moi le dernier à en franchir le seuil, je ne sais pas si mon geste va être approprié, tant pis, je pose la paume de ma main sur son épaule pour lui manifester mon soutien, ma sympathie, en un geste de réconfort. Elle me regarde à la fois étourdie et vaseuse, un peu surprise, mais me laissant faire malgré tout.

Subrepticement, le Nord s'est glissé dans mes bagages, pour ne plus nous quitter de la journée. Il fait un temps dégueulasse et une fine bruine persistante nous asperge le visage. Pas un seul rayon de soleil n'arrive à transpercer des nuages massifs et oblongs qui tapissent le ciel de tout leur long. En même temps, cette fine pluie m'oblige à rester éveillé en ce pénible jour de gueule de bois. Fort heureusement, j'ai emmené une veste imperméable que je m'empresse d'aller chercher dans la chambre. Je rejoins la cour où Géraldine et Vincent m'attendent, cette attention me réchauffe le cœur. La voiture du vieux Filon, conduite aujourd'hui par Tito, est déjà tellement pleine qu'elle tangue ostensiblement vers le sol. Henri est à l'avant et les trois Marseillaises assises à l'arrière, alors que le chien tournicote sur lui-même autour de la voiture en faisant le loup. Tito démarre avant de sortir de la cour. Je suis d'humeur morose en ce début de matinée et la fatigue me fait grelotter. Accompagnés par Robert, nous suivons le jeune patron qui attribue un seau et une serpette à chacun d'entre nous, nous les déposons à l'arrière du tracteur avant d'y grimper, puis nous prenons place en nous tenant bien aux extrémités de la remorque vide. Le tracteur pétarade un coup juste après le démarrage, nous offrant là un nuage de gaz d'échappement avant que ses grosses roues dentelées ne se mettent en mouvement.

De jour, je découvre pour la première fois le paysage et cette balade de vingt minutes me requinque quelque peu. Il ne fait pas très froid. Aux alentours, des vignes à perte de vue, comme une foule innombrable s'étant donné le mot avant de se réunir autour d'un évènement important. Du haut de notre remorque et au rythme chaloupé du tracteur, nous surplombons les champs qui s'étendent au loin, formant des vagues irrégulières que des routes de campagne tailladent avant de s'engouffrer dans le néant à l'horizon. J'ai l'impression que nous flottons sur un large tapis de brume créé par la rosée du matin. Physiquement, je suis déjà un peu à bout, alors que mentalement, c'est avec limpidité que mes idées commencent à se désembuer. J'ouvre mon paquet de cigarettes et constate qu'il n'en reste plus qu'une que je décide de garder pour plus tard. Le manque de nicotine va peut-être me mettre un peu d'adrénaline pour la matinée et je profite mieux de l'air ambiant et de la vue des plaines qui se profilent. Géraldine et Vincent sont assis en face de moi, les deux mains bien accrochées à la remorque, le tracteur a un bon rythme de croisière. Regardant en face d'eux et les cheveux un peu chamboulés par le vent, ils semblent tout droit sortir de vieilles pages griffonnées avec précision par Jack Kerouac. J'apprécie le spectacle jusqu'au moment où Géraldine croise mon regard, je lui esquisse un sourire un peu gauche avant de détourner les yeux, vite. Malheureusement, les meilleurs moments sont toujours les plus courts. Je ne dirais pas non pour continuer cette balade jusqu'à Tombouctou.

Terminus ! Tout le monde descend, se munit d'un seau et d'une serpette. La Visa est déjà garée près du premier champ qui me parait gigantesque. Je songe alors qu'il doit toujours être bien plus agréable de monter à l'arrière du tracteur. Pascal Filon commence à donner quelques indications pour les nouveaux.
- Le principe est simple ! Vous avez chacun une rangée... et pis vous m'coupez tout ça jusqu'au bout ! J'veux p'us voir une grappe sur un pied en passant derrière vous ! Et pis j'veux voir personne arracher les grappes... vous utilisez bien la serpette... tout c'qui est pourri... vous m'balancez ça sur les côtés... mais vous avisez pas à balancer trop souvent ! J'surveille ! Robert y s'ra porteur aujourd'hui... Vous videz vot' seau dans la hotte une fois qu'y est bien plein... Y a rien d'sorcier c'est pas bien compliqué ! Allez on y va l'équipe !

Les épaules largement cambrées vers l'arrière, on voit bien que Robe Love est fier de montrer aux petits jeunes qu'il est le bras droit du patron. Il est fraîchement rasé et l'on peut encore discerner des traces de peignes formant des sillons réguliers dans ses cheveux généreux, volumineux et fraîchement lavés. On dirait qu'il est sur le point de réussir à se déboîter une épaule comme dans un numéro de contorsionniste essayant de se libérer d'une camisole. Avec la fatigue et tous ces évènements qui s'enchaînent au même rythme qu'une bande dessinée aussi grosse qu'une encyclopédie, j'ai envie de pouffer et d'exploser d'un rire magistral, tandis que je me concentre, les yeux bien rivés au sol pour me contenir. Et sa chemise taille Small boutonnée sur son corps XXL qui résiste avec peine semble prête à nous cracher violemment ses boutons à la gueule. On peut dire qu'il aime bien exposer son corps, qui se défend encore pour son âge, *« El Roberto »*, ses pecs sont souvent de sortie, et pas seulement le dimanche.

À coups de serpette, je décortique mon premier pied de vigne… Déjà envie de faire une pause… Je ne soupçonne pas encore la montagne de travail qui nous attend pour la journée, et c'est mieux comme ça. J'ai mal au dos, et je n'arrive pas à cueillir et puis bailler en même temps, les deux mouvements ayant du mal à se coordonner. Des bons à rien bien maudits, voilà ce que nous sommes ce matin, perdus à tout jamais sous ce crachin insistant. Et le fils du patron qui n'est guère décidé à nous mettre au chômage technique. Cela fait maintenant à peine une heure qu'on trime, lorsque je lève la tête pour jeter un œil à la ronde. Le duo Henri et Tito, me devance déjà de dix à quinze mètres. Le trio des Marseillaises, Géraldine et Vincent, me prennent trois à quatre pieds d'avance, je suis le dernier et un peu à la traîne, et j'ai intérêt à passer la seconde. Putain, il ne faut pas sous estimer les vieux, ils en ont sous le capot, et surtout de vraies années de pratique derrière eux. Au premier abord, je croyais qu'Henri n'allait jamais tenir le coup, alors que ce matin, c'est bien moi le maillon faible. Il faut toujours un dernier, je préférerais que ce soit quelqu'un d'autre. Coup d'accélération, par fierté, je tente de mettre un peu de boost à ma cadence, au bout de deux heures, je suis toujours à deux ou trois pieds de retard de l'équipe des jeunes, tandis que les vieux nous prennent bien quinze à vingt mètres. Ok, j'ai compris, des putains de mutants qu'ils sont, voilà tout, et je suis le dernier, mais quand même pas si loin que ça du peloton. La première rangée nous coûte pas moins de trois heures d'efforts, je commence peu à peu à réaliser à quoi je dois m'attendre. Je la termine essoufflé et le dos déjà un peu en compote, mais je suis quand même mieux réveillé. Ce n'est que le début et j'ai intérêt à m'habituer. Lorsque Robert passe dans les rangées avec sa hotte sur le dos, concentré, des gouttes de sueur lui perlant continuellement sur le front, je me redresse brusquement afin de vider le contenu de mon seau, avec l'impression que ma tête se dévisse de mes épaules à chaque fois, rejoignant la hotte avec le contenu de mes récoltes.

Les deux tâches principales attribuées aux vendangeurs, celle du cueilleur et du porteur, s'avèrent laborieuses et pénibles, mais le travail du porteur reste de loin le plus harassant. Et la hotte, instrument de torture qui accable le dos de soixante-dix kilos de grappes une fois remplie, ne manquera pas de laisser des égratignures sur les épaules de Robert après trois jours rythmés par le même rituel.

Deuxième rangée... Les allées qui séparent les vignes commencent à devenir marécageuses. J'ai les pieds qui s'enlisent et des kilos de bouillasse s'accrochent à mes chaussures à chaque fois que je décolle les pieds du sol. Je réalise un détail très désagréable, je n'ai emporté qu'une seule paire de chaussures, je suis vraiment maudit !!!

- *Walid... Walid ? Pour ton information t'es vraiment dans la panade tchio ! T'as pas fini d'en chier... T'es dans cette gadoue pendant quinze jours fieux...*

- Ta gueule et bosse ! J'réfléchirai à la question des godasses plus tard... J'vais pas m'décourager pour si peu non ? J'voulais tailler la route alors j'vais pas commencer à m'plaindre c'est plutôt un bon début... Mais au fait qui me parle là ?

- *C'est moi... gamin... c'est moi ! Lève la tête... Bon sang d'bois lève la tête !!! Et r'garde devant toi !!! C'est l'vieux Filon... comme tu m'appelles...J'aime bien c'surnom qu'tu m'as donné nom de Dieu !!! Le vieux Filon...ça impose la classe gamin... comme les vieux qu'on respecte et à qui on bais'rait la main dans les bons vieux films de mafieux... J'sais pas si j'dois l'prendre affectueusement venant d'ta part... Mais c'est plutôt comme ça qu'j'vais l'prendre si t'y vois pas d'inconvénient tchio !!! Ça f'sait belle lurette que plus personne ne m'avait appelé d'façon... par ou pour quoique ce soit... Alors laisse- moi t'dire que ça m'fait chaud au cœur !!! J'croyais qu't'étais un p'tit con... un p'tit* merdeux...comme les autres !!! Mais t'es différent toi... j'dois bien l'admettre... bordel... de diou j'adore jurer... ça m'perdra un beau jour !

Machinalement, j'arrête un instant mon travail pour regarder en face de moi. Et j'aperçois le vieux Filon, accroupi de l'autre côté d'un pied de vigne touffu. Il est dissimulé par le feuillage et pour seul haut, il est vêtu d'un débardeur blanc. Des gouttes de pluie lui pourlèchent lentement les épaules, mais il ne souffre pas du froid, tout mort qu'il est, tandis qu'il se tient appuyé sur son fusil de chasse à double canon pour ne pas vaciller. Il est d'une humeur railleuse, s'exprimant avec une ironie amère.

- *Belle machine ! N'est-ce pas gamin ? Double canon... Ça t'épargne pas tchio...pour sûr ça t'f'ra pas d'cadeau ce genre de joujou ! J'étais sûr de mon coup... j'voulais pas m'louper... oufff c'est réussi... pour de bon ! Un fusil d'chasse... ouais... double canon... quand t'as décidé d'te chasser toi-même... ça pardonne pas !!!* dit-il pensif, manifestant une fausse gaieté.

Soudain, il pointe les deux canons de son engin dans ma direction ; le bout de la carabine branle, je ne sais pas si d'un œil concentré et l'autre fermé derrière le viseur, il est en train de pouffer de rire ou bien plutôt de sangloter.

- Boum !!! continue-t-il en me visant et en imitant le bruit de la détonation.

Doucement, il rit, me provoquant et attendant ma réaction avec impatience. Je ne rentre pas dans son jeu et me remets au travail, ce qui l'énerve de plus belle.

- *Vas-y !!! Arrête de faire la gueule un peu !!! Putain d'bordel !!! On peut même plus rigoler un coup ici ??? Tu trouves pas qu'le boulot y est déjà assez chiant comme ça ??? Alors si on peut même plus rigoler un coup autant s'foutre en l'air !!! Les gens y font tous la gueule... j'en ai marre à la fin !!! J'crois bien qu'j'ai fais l'bon choix en m'faisant péter l'ciboulot... rien d'mieux à faire ! J'sais pas c'qui s'passe dans vos caboches pour tous rester comme ça... blasés... résignés !*

Le vieux s'est emporté et c'est tout essoufflé qu'il termine sa réplique. Je garde mon calme, avant de prendre la parole, tout en m'attelant à couper des grappes, machinalement, à l'aide de ma serpette bien aiguisée.

- Pourquoi tu croyais qu'j'étais un p'tit con ? Et que tu m'trouves soudain différent... finalement ! T'as peur des bronzés c'est ça ? Donne-moi une vraie explication !

Le vieux Filon parait déstabilisé. Il prend son temps avant de répondre, tout en se rassérénant.

- *Ta question est un peu embarrassante p'tit ! J'ai rien contre toi... Tu sembles être un bon garçon... C'est pas ça l'problème... Respectueux et pis tout... Mais y a quand même que'que'chose qui tourne pas rond chez vous... Moi j'dis rien... mais c'est toujours les mêmes qui s'font remarquer... toujours les mêmes qu'on voit à la télé et pis qui font des conneries...*

- La télé, parlons-en d'la télé l'vieux Filon... Tu avales... Tu gobes tout c'que t'y vois comme une vérité absolue, c'est ça ? J'suppose que tu r'mets jamais en question c'que tu vois sur l'journal de la une, c'est bien ça vieux ? Tu d'vrais surtout faire confiance en ton vécu... En ta jugeote ! La télé... un ramassis d'conneries ouais... d'la merde en cadre... du vomi dégueulé avant qu'il ne soit transvasé dans un tube cathodique vieux... Et l'racisme dans tout ça... rien d'autre qu'le résultat d'une méfiance de l'inconnu... transformée en peur... puis en actes !!!

- *De quoi tu m'parles p'tit... J'y comprends rien à tes conneries !*

- Tu connais des Arabes au moins ? Pour te permettre de parler... de juger comme ça ! J'veux dire... Tu en connaissais ?

- *J'en connaissais bien deux ou trois ouais... Mais c'était pas les mêmes... C'était pas les p'tites crapules qu'on voit à la télé ! Y étaient bien gentils, toujours serviables...*

Rire jaune. Je m'esclaffe quelques secondes, avant de recouvrer mon sérieux.

- Putain d'bordel ! continué-je alarmé. Pourquoi tu utilises le mot « *serviable* » ? Déjà, tu t'crois supérieur à nous... ou quoi ? Quoi ? J'essaye de me reprendre... Ça m'énerve grave d'entendre constamment le mot « *serviable* » sortir de la bouche des

Français ! Certains Arabes sont serviables... Putain ! Ça m'bousille tout ça !

J'ai de la peine à me contenir, tandis que mon chagrin se transforme en une sorte de colère impuissante.

- T'as rien compris vieux... rien compris du tout... C'est not' société qui nous emprisonne dans ces rôles ! SERVIABLES ! Et pis d'abord j'suis français mon pote... Tout aussi français qu'toi... Et pis plus d'un jeune que tu dis arabe est français gars... C'est ça qu'tu veux pas comprendre ! Putain au bled on m'comprend pas toujours parce qu'on trouve que j'me comporte trop comme un Français et pis qu'on m'trouve différent ! Et ici toi tu m'trouves pas bien français parce qu'j'suis trop bronzé et qu'j'ai les cheveux un peu crépus c'est ça ? Putain d'bordel... Ça m'tuera tout ça...

Le vieux Filon me fixe, hébété, perplexe.

- Putain... ajoute à tout ça qu'j'ai bien conscience de faire partie du grand cargo des dominés... Tout ça parce que j'ai eu la chance de lire quelques livres et pis d'me rendre compte de l'existence de vraies castes... Aux frontières invisibles... dans cette démocratie totalement hypocrite ! Que j'ai pas envie d'torcher l'cul des dominants... en restant un dominé travailleur et serviable toute ma putain d'foutue vie... Mais qu'j'ai quand même un certain nombre de chances de l'devenir !!! Que j'trouve pas ma place chez les dominés... Tout ça parce que j'passe pour un mec bizarre... Un peu intello sur les bords... et pis qui s'intéresse à de drôles de trucs... Mais qu'j'aurai encore moins ma place chez les dominants... Tout ça parce qu'on n'a pas les mêmes codes de conduite ! Vas-y prête-moi ton jouet... Ça va m'prendre deux secondes !

Le vieux Filon plaque son fusil tout contre sa poitrine, pour ne pas me le céder, avant de s'exclamer :

- Nom de Dieu... J'ai pas compris un piètre mot à tout ton fourbi là... Mais en tout cas ça a l'air de t'rendre bien malheureux c'que tu dis ! Fais pas d'conneries p'tit... T'as toute la vie d'vant toi tchio... T'es jeune... Ça va s'arranger... Bon moi j'me barre... J'reviendrai t'dire bonjour plus tard... Mais là j'ai du boulot... J'ai mon trou à aller creuser !

Il disparaît tandis que la voix enrouée de Rob Love me fait revenir à la réalité.

- Et mon grand... mon grand... tu crois p't'être qu'y va s'vider tout seul ton seau... y est plein à ras bord ?

Je lève les yeux, avant de réaliser que Robert commence un peu à s'impatienter. Sa hotte est presque pleine, son visage rouge vif. Je m'excuse et soulève difficilement mon seau qui s'est bien rempli depuis le temps où je me suis un peu évadé. Délicatement, je le vide, prenant soin de ne pas lui massacrer le dos dès le premier jour.

Fernando

L'après-midi, arrivent les quatre dernières personnes attendues et qui clôturent notre équipe de treize. Ces quatre gars n'ont aucun lien entre eux mais le jeune patron leur a donné un rendez-vous en commun à Villefranche-sur-Saône où il est allé les chercher. C'est après le repas du midi qu'ils franchissent la porte de la cuisine tous ensemble, ce qui nous laisse encore quelques minutes de répit, le temps qu'ils se restaurent tous les cinq. J'en profite pour aller m'allonger une demi-heure. Géraldine et Vincent en font de même. Un concentré de bonheur autour de mes cinquante centimètres carré d'oreiller, voilà ce que je vis ce midi-là, j'y laisse un filet de bave en guise de souvenir. Trop court mais trop bon, et surtout régénérant pour notre seconde partie de journée.

Trente minutes, c'est mieux que rien mais à croire que le portable de Vincent a vraiment décidé d'être désagréable. Je viens de m'assoupir paisiblement et commence à rejoindre le pays des rêves lorsqu'il retentit à nouveau, nous exhortant à rejoindre les vignes aussi fissa qu'au matin.

À nous se joignent Philippe, dont le seul et unique centre d'intérêt concerne les vignes, et tout ce qui s'y rapporte. Sylvain, un gamin de seize ans qui a passé une bonne partie de son enfance en orphelinat et qui est à présent sous tutelle. Dimitar, Dim pour les intimes, originaire d'un petit pays de l'Europe du sud-est, la république de Macédoine. Enfin, Fernando, qui a tout l'air d'être un errant, un vagabond, un hobo qui doit certainement vivre des cueillettes, de petits boulots en petits boulots, voyageant de ville en ville. C'est lui qui viendra marquer au fer rouge le second événement surréaliste de cette journée. Le pauvre, il ne passe pas la première journée de travail. Il est éjecté avant, ou plutôt il s'est éjecté lui-même, se tirant une balle dans le pied. Au cours du repas, Fernando n'adresse la parole à quiconque, ne fait pas un seul sourire, ne regarde personne. Pas une seule fois nous entendons le son de sa voix, excepté lorsqu'Henri, de toute sa bonhomie, lui adresse la parole :

- Et vous… C'est quoi vot' petit nom ?

Fernando comprend difficilement le français et Henri réitère sa question à deux reprises. Après l'avoir compris, il répond succinctement.

- Moi… Fernando… Moi portugais… suis, formule-t-il avec hésitation.

C'est ainsi que nous apprenons les deux seules et uniques informations le concernant, Fernando, Portugais, d'environ la quarantaine. Il est de petite taille mais néanmoins bien constitué. Son short moulant en jean noir ainsi que son débardeur de même couleur rentré à l'intérieur laissent apparaître ses muscles saillants et lui donnent l'aspect d'un vieux rocker, il a les jambes et les bras musclés. Il n'est pas tatoué, mais une sérieuse toison est exposée sur sa poitrine telle une figure noire du test d'Hermann Rorschach qu'on lui aurait placardée en plein milieu du torse. Autour de son cou est attachée une chaînette argentée à laquelle est pendue une croix discrète. Sa pilosité faciale extrêmement développée lui permet de rejoindre Henri et Tito au sein du big moustache club. Il porte également une barbe de trois jours aussi dense qu'une moquette. Sa longue et épaisse chevelure est largement tirée vers l'arrière et attachée à l'aide d'un élastique, laissant une touffe de cheveux abondante et crépue apparaître en forme de chou-fleur derrière son dos. Il a les yeux noirs et un regard expressif. Je m'étonne de le voir aussi dénudé malgré le temps humide et la pluie qui rafraîchissent l'atmosphère.

Lorsque le jeune patron s'absente quelque temps pour aller vider la benne remplie de grappes à ras bord, c'est un Tito déchaîné qui s'aventure à pousser la chansonnette, ce qui détend largement l'ambiance. Je remarque qu'inconsciemment ou non, tout le monde est affecté de près ou de loin par les évènements qui se sont déroulés cette nuit. La présence de Pascal Filon nous pèse en nous rappelant à chaque minute le suicide de son père.

Tout le monde a besoin de décompresser, et l'absence momentanée du jeune patron laisse passer un brin de soleil à travers ces nuages opaques, ce qui nous permet de respirer un peu. Nous nous détendons tous, y compris Robert qui laisse la barque dériver un peu, comme nous prenons tous du plaisir à écouter une chanson improvisée par Tito en décélérant nettement la cadence de notre travail, en profitant pour nous étirer le dos. Le jeune patron, assis maintenant sur son tracteur miniature, apparaît aussi petit qu'un point noir, au loin ; personne ne doit se donner le mot, nous nous relâchons quelques minutes.

Seul Philippe, tout juste arrivé, continue de passer tel un automate dans les allées, comme les lapins roses qu'on n'arrive plus à arrêter dans les publicités pour les piles Alcaline. Il a le rôle de second porteur. Philippe est une véritable machine à bosser qui n'a qu'un mot en bouche : « *SEAU* » qu'il répète toute la journée et sans arrêt afin que nous déposions notre chargement dans la hotte. Sans cesse, comme un autiste, il hurle ce mot :
- SEAU !!! SEAU !!! SEAU !!!
Encore et encore, jusqu'au point où l'envie nous brûle presque de lui foutre notre seau sur la gueule. Il nous fait sursauter à chaque fois.
- SEAU !!! SEAU !!! SEAU !!!

La chanson entonnée par Tito est un air fredonné par les gamins. Comme il en a oublié la moitié, c'est de sa propre composition qu'il en a remplacé tous les trous, ce qui donne tout le charme au morceau qui ne veut absolument plus rien dire au final.
- LES INDIENS… LES INDIENS… ONT APPORTÉ… ONT APPORTÉ… DE QUOI FUMER… DE QUOI FUMER… ET C'EST AINSI… ET C'EST AINSI… QU'ON A DÉCIDÉ… QU'ON A DÉCIDÉ… LE GRAND ZORRO LE GRAND ZORRO DE FAIRE LA FÊÊÊTTTEEEEEE !!!
Ou :
- JE SUIS UN GARS DU FAR WESTEEE… QUI AIME LES CHEVAUX… MA VIE C'EST LE RODÉOOO… YOUKOU

YOUKOU... MA LIBERTÉ C'EST L'FAR WESTEEE... MA CHANCE C'EST LE LASSO... MA CHANCE C'EST LE LASSOOOOOO !!!

 Il ne chante pas juste, d'une voix gutturale et forcée. Peu importe, il brise le silence de plomb qui a trop longtemps caractérisé cette journée jusqu'à présent, et c'est exactement ce dont on a besoin, un peu de décompression. Puis c'est par un énorme pet sonore et inopiné qu'il termine son refrain, retombant cette fois-ci exactement sur le rythme. Niveau humour, je n'ai pas encore dépassé le stade anal, et je perds une partie de mes abdos tant je m'esclaffe de bon cœur, ça ne m'était pas arrivé depuis longtemps. Les filles, l'air dégoûté, manifestent leur mécontentement en couvrant Tito d'injures, gentiment. Pour moi, Tito devient « *Super Tito* » le gentil héros qui n'a peur de rien et qui se fout de tout, caractère d'un naturel inébranlable. La récréation est bien trop courte, Pascal Filon réapparaît trop vite, la remorque vidée. Tout le monde se remet spontanément au travail sans que personne n'éprouve le besoin d'échanger un seul signal.

 C'est à ce moment de l'histoire que Fernando fait une apparition éclairée sur le devant de la scène. Il pleuvine toujours comme le ciel ne cesse de former une épaisse masse grisâtre. Malgré cela, Fernando, muet depuis le début de l'après-midi, travaille torse nu, le débardeur plié en boule dépassant d'une poche arrière de son short en jean. Chaque membre de l'équipe est à nouveau concentré sur sa besogne : couper le raisin d'une manière machinale, au rythme de la mélodie des feuillages qu'on manipule délicatement. Le jeune patron vient cueillir ça et là pour avancer ceux qui restent à la traîne. Je suis plongé dans mes pensées. Je me remémore la soirée d'hier, repense aux évènements qui se sont enchaînés depuis Beuvrages, à ma famille, à ma courte vie depuis trop longtemps figée en position off. Je reviens à la réalité lorsque je vois Pascal Filon passer dans ma rangée pour m'aider à combler mon retard. Il ne dit rien cette fois-ci mais je sens bien qu'il est tendu, ce n'est pas bon signe, et j'accélère à nouveau la cadence. Soudain, j'entends un rire s'élever des vignes à quelques mètres, insignifiant au début, puis se faisant de plus en plus distinct. Je regarde autour de moi, intrigué. Je vois Louise, une des trois Marseillaises, en faire de même, nous échangeons un sourire d'étonnement. Nous ne rêvons pas, Fernando a attrapé un fou-rire, il pouffe dans ses moustaches. Il ricane tant et si fort que son rire finit par attirer la curiosité et l'attention de tout le monde, c'est alors que chacun s'accorde une courte pause pour se tourner dans sa direction. Enfin, son rire devient nerveux, hystérique voire forcé. Il s'arrête de travailler tout en se redressant, la serpette à la main et les yeux rivés vers le ciel. Il se tient raide comme un piquet et rit à gorge déployée, la tête orientée vers un ciel bombé de pluie. La scène parait irréelle, et commence à mettre tout le monde mal à l'aise. Puis, après deux à trois minutes passées sans que Fernando ne cesse de rire et de créer ce vacarme, le jeune patron s'agace et manifeste les premiers signes de toute la tension contenue en lui.

- Bon ça va !!! On a compris grand !!! Tu t'calmes maint'nant !!! Tu la fermes !!!

Au lieu de la boucler, tout simplement, Fernando rit de plus belle, on pourrait s'imaginer les cris d'une flopée de perroquets surexcités s'envolant en pleine forêt amazonienne. C'est à ce moment que plus personne ne sourit quand nous nous rendons compte qu'il est complètement cinglé, que quelque chose ne tourne pas rond dans sa tête. Hébétés, nous le fixons, sans trop savoir comment réagir. Au début, certains d'entre nous étaient amusés, maintenant nous nous sentons tous mal à l'aise. Fernando a très mal choisi son jour pour adopter une telle attitude. Son petit numéro cristallise toutes les émotions du jeune patron qui se met à hurler :
- TU FERMES TA GRANDE GUEULE MAINT'NANT OU C'EST MOI QUI VIENS T'LA FERMER DANS DEUX S'CONDES !!!

Personne ne pipe mot. Même Philippe s'est arrêté, semblant lutter en position statique alors que sa hotte est presque pleine. C'est avec incrédulité que nous assistons à la scène, immobiles. Et ce rire atroce hurlé par Fernando ne s'affaiblit pas, ce dernier est possédé. Ses yeux commencent à se remplir de larmes, comme un gosse de trois ans pris d'une crise soudaine après avoir été piqué par une mauvaise mouche. Puis, tout va très vite. Le patron lance son seau à terre avant de se ruer sur Fernando qui ne cesse pas son vacarme malgré les avertissements reçus. Il brandit gauchement sa serpette pour menacer le jeune Filon, le visage rouge et convulsé. C'est son dernier mouvement, le boss lui attrape le bras d'un geste habile avant de lui offrir un aller sans retour vers le sol boueux, l'immobilisant. Il lui enfonce deux ou trois fois la gueule dans la terre pour le calmer tout en lui hurlant à l'oreille :

- TU VAS FERMER TA PUTAIN D'GRANDE GUEULE NOM DE DIEU !!!

Aussi invraisemblable que cela puisse paraître, Fernando rit en se débattant, le visage et les lèvres maculés de terre. Finalement, ce n'est que lorsque Robert lâche sa hotte pour se diriger vers le boss que cette triste scène touche à sa fin, il l'attrape fermement par les épaules :
- Allez, arrête Pascal, ça suffit !!! Tu vois bien qu'il est barge ce mec... Calme-toi maint'nant !
Le patron lâche Fernando qui se relève et s'enfuit en courant tout en continuant à gueuler hystériquement. C'est à petites foulées qu'il rejoint une route de campagne, avec la même dégaine que la petite sœur de Laura Ingalls qui gambade joyeusement dans le générique de *La petite maison dans la prairie*. Sauf que là, il a la tronche pleine de boue. Encore un de plus qui court tout droit vers la destination « *Nulle part* ». Pascal Filon reste assis à même la terre un moment, avant d'éclater en sanglots, la mine déconfite. C'est la première et la dernière fois que nous le voyons manifester un sentiment, ce qui me rassure quelque peu. Robert pose une main amicale sur son épaule avant de lui proposer le creux de sa main pour l'aider à se relever, et le patron se reprend, comme s'il était gêné de s'être emporté devant nous et d'avoir manifesté un quelconque signe de faiblesse. Puis il appelle Tito, ils montent tous deux dans la visa afin de suivre Fernando, Pascal Filon semble

inquiet pour sa mère restée toute seule à la maison. Quant à nous, nous n'en savons pas plus, mais après un événement pareil, on peut considérer que notre journée de travail est presque bouclée. Nous laissons le temps s'écouler en commentant un peu les faits tout en bossant à deux à l'heure, jusqu'à temps que le boss revienne et avant qu'il ne prononce la phrase magique que nous attendons tous avec impatience :

- Vous finissez vot'rangée et pis ce s'ra fini pour aujourd'hui.

C'est un vrai frisson de bonheur et de soulagement qui me parcourt le corps lorsqu'il prononce ces derniers mots. Seulement, ce n'est pas encore fini pour moi ; une fois de retour au domaine, je passe presque une demi-heure à décrotter mes pompes à l'aide de ma serpette, avant de pouvoir profiter d'un temps de repos plus que mérité, enfin.

La soirée est beaucoup plus calme. Mon tour venu, j'apprécie une douche délicieuse en veillant à ne pas trop m'attarder afin de laisser la place aux autres, tâche qui s'avère difficile lorsque l'eau chaude coule à volonté sur un corps meurtri.

Malgré les évènements, la patronne a eu la force de nous préparer un bon repas que nous engloutissons afin de quitter la cuisine au plus vite. L'ambiance est toujours extrêmement pesante et nous pouvons distinguer le bruit des bouches qui soufflent sur des cuillères trop chaudes et remplies de bonne soupe à la tomate. Nous ressentons le plus grand besoin de décompresser.

Nous nous éclipsons après avoir débarrassé nos assiettes, donné un coup de main à la vaisselle et passé à chaque table un coup de lavette propre. À défaut de ne pas trop savoir quoi dire à la patronne, nous essayons de nous rendre utiles à notre manière. Place au même rituel que la veille. Nous voilà vite dehors, à fumer des clopes dans la cour, Géraldine, Vincent, moi, accompagnés des trois Marseillaises qui sont plus en forme que la veille au soir. Cette fois-ci, nous marchons dans la direction opposée de la place du village. La route est encore plus déserte et silencieuse que le soir précédent, et la nuit particulièrement noire, ce qui ne facilite pas la tâche pour nous repérer. Le ciel reste chargé de nuages et il fait frais. Nous sommes épuisés tous les trois après notre courte nuit cumulée à cette journée de travail harassante, et après un gros pète partagé sur la route et à la hâte, j'ai déjà les jambes qui flageolent. Nous regagnons la maison assez vite après avoir fait un simple petit tour. Nous proposons aux filles de squatter notre dortoir quelques minutes.

À l'aide de son disc-man branché sur deux minuscules haut-parleurs de fortune, Vincent nous présente Fela Kuti. Je ne connais pas encore ces rythmes afro-funk qui vous transpercent et vous transportent.

- Fela Kuti mec… engage Vincent déjà allongé dans son lit et ravi de pouvoir partager un de ses sons favoris avec moi. Musicien engagé et hors pair qui était considéré comme un Dieu au Nigéria… dans les années 70... Fela se servait de sa musique et de ses paroles comme d'une arme contre la dictature militaire… la corruption… la misère de la rue...

Particularité des morceaux de Fela, ils durent en moyenne quinze minutes. Comme nous avons fumé sur la route et que la fatigue commence vraiment à nous hypnotiser, nous restons ainsi scotchés sur la musique. Je lutte contre la fatigue mais j'ai déjà les paupières qui se ferment de manière sporadique.

Ce n'est que lorsque nous voyons un rat noir et blanc surgir de nulle part que chacun d'entre nous sursaute tout en recouvrant ses esprits. Caroline et Louise hurlent avec force et empruntent simultanément les escaliers de deux lits superposés pour s'y jucher, toutes les deux aussi bien coordonnées que dans un numéro de cirque qu'elles auraient longuement répété. Le rat, paraissant propre et correctement nourri, semble peu effrayé par tout ce vacarme. Au beau milieu du dortoir, il se tient sur ses deux pattes arrière tout en se frottant les pattes avant, comme si il applaudissait lui-même son entrée en scène. Il a l'air satisfait de son petit effet et demeure ainsi quelques secondes, immobile, sa truffe rosée humant l'air ambiant avec vivacité. Progressivement, les filles recouvrent leur calme tout en restant perchées en haut du lit lorsqu'une voix nonchalante et mollassonne sort tout droit d'un des plumards, au fond. Le garçon daigne retirer les écouteurs de son MP3 qui lui arrachent les tympans à gros coups de batterie death métal.

- Gandjooo t'es où... Reviens ici ! Gandjooo ?

C'est là que nous comprenons que le rat est apprivoisé et qu'il a un maître. Sylvain se lève de son lit et d'un pas traduisant la même nonchalance que sa voix d'adolescent blasé, il va chercher la petite créature qui ne se montre pas farouche, disparaissant sous le pull de son maître avec agilité.

- C'est un rat domestique ? Y crèche tout l'temps sur toi ou c'est exceptionnel ? s'enquit Caroline, encore haletante, sa respiration retrouvant peu à peu sa normalité.

Sylvain, notre ado orphelin, dressé fièrement au centre de la pièce, est ravi de l'intérêt suscité par sa petite créature tandis qu'une douce effronterie transparaît au fond de son regard, espiègle et juvénile. Pile-poil au stade où l'on désire choquer un peu pour se différencier, il met la compagnie au défi de lui poser des questions, jouissant de toute l'attention qu'on peut lui porter. Tantôt agressif et taciturne, tantôt le cœur rempli de tendresse jusqu'à en déborder, Sylvain jongle continuellement entre les états d'âme qui peuvent caractériser un ado qui a grandi en internat, cherchant son humeur comme un téléspectateur zappant frénétiquement sur toutes les chaînes du câble.

- Bin ouais qu'y est toujours sur moi... C'est la meilleure des compagnies... Pourquoi ça t' gêne ? dit-il sur un ton mêlant à la fois défi et maladresse.

- Du tout... J'demande c'est tout... Et quand tu vas bosser... tu l'mettras où ?

Sylvain porte des vêtements noirs et assez amples, toujours au milieu de la pièce et le regard fier, il se tapote doucement sous l'aisselle droite en souriant.

- Juste là ma poulette ! C'est son plumard à lui... et y bouge pas d'un poil si tu veux tout savoir ! répond-il fiérot.

C'est un garçon attachant mais qui enchaîne les maladresses avec les filles. Il se fout un peu des règles de vie en société et il ne connaît pas les limites qu'il franchit toujours en sautant les deux pieds dans la flaque. Il n'est encore presque jamais sorti de son internat et il est compréhensible qu'un garçon de seize ans qui a toujours vécu dans le noir devienne un peu taré lorsqu'il voit apparaître un jour un peu de lumière. Au fond et à sa manière, il en est un peu au même stade que moi, l'effronterie en plus. Cette attitude lui attire des ennuis, avec les gens qu'il aborde pour la première fois, comme ce soir avec Caroline.

- T'es gentil garçon… rétorque-t-elle un peu vexée… Mais j'crois que j't'ai jamais donné la permission d'm'appeler poulette, ok ? le prévient-elle menaçante.
- Ok ok… Pas besoin d's'énerver… Moi j't'appelai poulette… C'était amical… Faut pas l'prendre mal cocotte…
- Bon, tu t'calmes maint'nant !

Diplomate, c'est Géraldine qui prend le relais avec tact.
- Sinon… Elle a quel âge ta bestiole ?
- Ça fait que trois mois qu'je l'ai… J'sais pas… Y dois avoir six mois pt'être…
- Tu lui donnes quoi à manger ? lui demandé-je.
- En général… Y bouffe c'que j'bouffe… Enfin… En plus p'tite quantité bien sûr… précise-t-il en souriant.
- En tout cas, tu l'fous pas sur la table quand on mange ou j'lui coupe la tête avec mon couteau !!! reprend Caroline sur un ton belliqueux, ne semblant pas avoir encore digéré les surnoms octroyés par Sylvain.

La sentant contrariée, il fait le choix judicieux de ne pas répondre afin de ne pas attiser les flammes qui dansent dans ses yeux.

Après tout ça, on est tous complètements morts et les filles retrouvent leur dortoir. Chacun rejoint son pieu, les uns bercés par la musique et les autres par la lecture pour ceux qui ont la chance d'avoir apporté un livre dans leur bagage. Cette fois-ci, la chance est de mon côté, alors j'en profite. Vincent a emmené deux bouquins et m'en prête un : *Souvenirs d'un pas grand-chose* de Charles Bukowski, décidément, on risque vraiment de bien s'entendre. Seulement, je suis trop épuisé pour commencer quoique ce soit et déjà, comme dans un trou, mes yeux tombent sur la préface. Je ressens ce plongeon des premières minutes de sommeil lorsque tout vous apparaît comme flou, en une succession d'images désordonnées et sans liens. Les yeux fermés, je vois des patchworks de vignes qui déboulent interminablement comme le paysage qu'on voit défiler, assis dans un train fou. À force de couper du raisin, je continue à travailler, même dans mes rêves. Et ce soir, lorsque je ferme les yeux, des pieds de vignes touffus qui forment des tableaux impressionnistes me tournent la tête. Je ne me souviens pas d'avoir éteint la lumière, et je sombre.

Fantasme

Sylvain est quelqu'un de très lunatique. Taciturne et renfermé un jour, il peut rester des heures sans prononcer un mot et répondre de manière agressive lorsqu'on lui adresse la parole. Joyeux et expansif le lendemain, il bosse en sifflotant tout en sortant des conneries à profusion dans les vignes. Continuellement à la frontière de l'inacceptable auprès de la gente féminine, il collectionne les propos dérangeants, surtout lorsqu'il est bourré. Un soir, où nous sortons assez tard de la cave, s'étant une fois de plus foutu un coup de massue sur la tête, Sylvain s'obstine à supplier Hélène de lui montrer ses seins sur la route du retour. Hélène a une poitrine particulièrement magnifique et porte très souvent des petits débardeurs la mettant en valeur lorsque l'on travaille des après-midi entières sous un soleil généreux. Aussi, ce soir-là, notre Sylvain fracassé n'en démord pas : il veut à tout prix voir les seins d'Hélène. Il marche près d'elle en titubant et par une succession d'arguments tout aussi drôles que bancals, déterminé, il donnerait sa chemise, son maigre compte en banque pour la convaincre.

- S'te plait Hélène !!! J't'en supplie !!! Y sont complèt'ment dingues tes seins... Jamais d'ma vie j'ai vu des seins aussi beaux !!! J'en verrai pt'être plus jamais des pareils... J'demande rien d'mal sur'ment pas à les toucher, ça y en est hors de question... dit-il en effectuant un non catégorique et formel avec son index gauche, comme s'il cherchait à mieux légitimer et à minimiser le caractère de sa demande initiale. Juste à les voir une fraction d'seconde, s'te plait Hélène... Juste pour le brave gosse de seize ans qu'je suis !!! Si tu l'fais pas pour moi fais-le pour la France s'te plait !!! Une fraction d'seconde... Si tu l'fais pas pour moi fais-le au moins pour Gandjo... J'te jure j'ferme les yeux j'regarde pas... Fais-le pour la pauvre bête S'TE PLAIIITTT !!! l'implore-t-il.

- T'es barré comme mec ! Faut vraiment t'faire soigner mon pote... Même pas dans tes rêves tu les verras mes seins ! annonce-t-elle catégoriquement avec un accent marseillais particulièrement prononcé, craquant.

Le lascar ne se décourage pas d'un poil, pendant tout le trajet du retour, soit au moins quinze minutes à marcher à ses côtés. Il ne lui manque pas de respect malgré tout et il est davantage drôle qu'insolent.

- Hélène... Écoute-moi... J'te demande pas l'Pérou... J'te demande ni la lune ni d'la thune... J'ai presque dix-sept ans Hélène... poursuit-il d'un ton solennel. Et j'ai encore jamais vu deux seins d'ma vie et en vrai... Tu t'rends compte ou pas ? J'sais pas si tu t'rends bien compte... Et là... j'os'rai dire là... maint'nant et pas ailleurs... c'est la plus belle des occasions de toute ma vie car les tiens sont vraiment... SU...PERBES !!! continue-t-il convaincu et presque convaincant. Un dixième de s'conde Hélène... et pour toujours... je dis bien pour TOUJOURS... j'arrête de t'emmerder... pour TOUJOURS !!!

- Pour toujours ? demande-t-elle. Jure-le sur la tête de ton rat !

- J'le jure sur la tête de Gandjo et de tous ses futurs enfants et de tous ses p'tits enfants Hélène... Tu peux m'faire confiance !!! Croix d'bois croix d'fer si j'mens j'vais en enfer !!!

Une lueur d'espoir inestimable transparaît sur les moindres muscles de son visage acnéique. Il insiste tant et si fort qu'après un quart d'heure de bourrage de crâne et d'une rafale d'arguments devenus presque attendrissants, Hélène nous laisse tous bouche bée. Elle allonge une belle et grosse baffe à Sylvain qui ne voit rien arriver et qui le fait reculer d'au moins un mètre en lui disant :

- Ça c'est pour avoir été chiant et pour m'avoir saoulé toute la soirée ! Et ça c'est parce que t'es quand même gentil !

Sous les yeux ébahis de Sylvain, sonné par le claquot magistral qu'il vient de manger, Hélène soulève son pull en laine en attrapant son sous-tif avec beaucoup d'agilité, la scène dure à peine une seconde avant qu'elle ne rabaisse le tout aussitôt, de sorte que Sylvain ne peut presque rien voir au final.

- J'ai vuuu Hélène !!! J'ai tout vuuu !!! Putain merci Hélène !!! la remercie-t-il tout en se frottant la joue rougie et endolorie. Du fond du cœur merci !

Tout le monde rit de bon cœur après coup. Sauf moi, au début, parce que je les ai bien vus moi les seins d'Hélène, et que j'ai tout le mal du monde à m'en remettre. Nous rentrons au domaine et je me dirige vers le dortoir avec un sourire béat accroché aux lèvres, sachant que ce soir, cette image féerique remplacera momentanément le défilé perpétuel des vignes et m'accompagnera jusqu'aux portes d'un sommeil paisible.

Sylvain est un garçon imprévisible, et grandir en orphelinat doit lui avoir laissé des séquelles. Il ne parle jamais de lui, de son histoire, et on voit que ça commence vite à le gêner, voire à l'énerver lorsqu'on lui pose des questions personnelles, alors on n'insiste jamais. Tout ce qu'on sait, c'est que son père est mort, et que sa mère est en prison, rien sur les circonstances qui les ont amenés au cimetière ou en zonzon, et rien sur les circonstances de son arrivée en orphelinat. Il est à présent sous tutelle depuis son seizième anniversaire, et il découvre la vie à travers cette première expérience dans le monde du travail. Le rêve de Sylvain est d'entrer dans une école de pompiers, j'espère qu'il arrivera jusque là sans trop se noyer dans la picole et sans trop plonger dans la fumette, car à ces deux niveaux, il n'est jamais le dernier. Comme toutes les personnes que j'ai rencontrées au cours de cette expérience de vendanges, moi y compris, il a besoin de trouver un cadre, une hygiène de vie.

Gandjo est juste un rat pour certains, mais pour Sylvain, il représente bien plus que ça. Encore une fois, Sylvain et Gandjo, c'est comme Henri avec Tito, des compagnons quoi, des êtres qui ne vont pas l'un sans l'autre et que l'on identifie toujours à deux. Personnellement, je ne suis pas fan des rats, et je suis bien content que Sylvain ait installé sa tente près de l'entrée de la grange après avoir passé sa première nuit dans le dortoir. Gandjo pieute aussi dans la tente, ce qui nous épargne quand même pas mal de crises d'insomnie. Et Gandjo crèche sous l'aisselle de Sylvain lorsque ce dernier travaille dans les vignes. Il ne sort jamais, faisant preuve d'une grande discipline, comme si il savait bien quand il pouvait sortir, et quand il ne pouvait pas. Et quand il sort, il ne s'éloigne jamais de Sylvain, pas cons les rats !

Dimitar

Vendredi matin, c'est l'enterrement du vieux Filon. Malgré les circonstances, nous sommes tous ravis de profiter d'un jour de congé inattendu, comme inespéré. Le troisième jour de cueillette, avec talent, est facilement parvenu à nous ruiner les vertèbres, et nous sommes tous d'accord pour qualifier cette journée comme la plus difficile avec mes collègues novices en la matière. Le plus souvent assis en position du canard afin de me soulager quelque peu le dos, une voix ne cesse de me triturer l'esprit, tandis que je ne sais pas si je vais continuer ou bien jeter l'éponge. C'est sans doute l'assemblage de tout ce qui est désagréable qui me donne l'envie d'abandonner ; comme ces coupures qui vous recouvrent les mains et qui nous rappellent douloureusement leur présence à chaque fois que le jus des grappes vous dégouline le long des doigts. Ou encore, avec dépit, être obligé de choisir entre le relâchement des jambes qui restent bien tendues alors que le dos, lui, est voûté ; ou le contraire, rester accroupi, mais les jambes en compote et le dos libéré. Et puis alterner toutes les trois minutes en finissant par ne plus être soulagé ni par une position, ni par l'autre. Et, toutes les dix minutes, avec la dégaine d'un vieillard, se relever péniblement pour venir vider son seau, maudissant la terre et toutes ces conneries, puis recommencer, interminablement, des centaines de fois. Mais c'est à bord du tracteur, avec mes compagnons de torture, une fois notre journée de travail derrière nos pattes, que tout peut recommencer, la joie, la vie, tout comme une renaissance absolue. Et je ne me suis encore jamais senti aussi libre et joyeux que dans cette stupide benne en métal qui nous reconduit tous au bercail, à deux à l'heure, les muscles endoloris, mais la fierté d'appartenir à un collectif, tous agglutinés au sein de ces neuf mètres carrés de ferraille. Et chaque jour, je me délecte du spectacle de ces vignes ensoleillées et qui laissent jaillir un nombre incalculable de nuances de vert s'étalant à la ronde, sans jamais me lasser de ce kaléidoscope viticole qui tapisse l'atmosphère. Et c'est chaque jour, à ce moment-là, dans cette benne, à dix-sept heures, que je me demande comment j'ai pu envisager une chose pareille, d'abandonner et de quitter ces lieux une seule seconde, ces gens, si attachants, foutaise.

Tout en profitant de cette vue, de ce bol d'air, de cette compagnie, il ne se passe pas un moment sans que je pense à ma famille, à Beuvrages, à mon 59 natal, qui me manque et que je hais à la fois, me laissant l'esprit confus et les nerfs à vif. Je pense surtout à mes parents, que je n'ai jamais quitté jusqu'à aujourd'hui, à mes sœurs, mes neveux.

Ce vendredi, on se lève tous à pas d'heure, exceptés Robert, Henri, Tito et Philippe, qui se rendent à la cérémonie, étant tous les quatre des proches de la famille. Il est vrai qu'on pourrait aller à l'église et au cimetière pour les soutenir, mais compte tenu de notre état de fatigue, c'est au dessus de nos forces, et nous nous sentons davantage d'aplomb pour faire une méchante grasse matinée. Je me réveille une première fois à neuf heures, mon corps programmé sursautant d'avoir probablement zappé le fameux *« sept heures dix pétante »* quotidien ; lorsque je me rends compte que j'ai toute la matinée devant moi et avant que je ne replonge dans un coma des plus jouissifs. Nous émergeons aux alentours de treize heures Vincent et moi, en toute tranquillité, et nous démarrons la journée par une heure de lecture au plumard. Ça fait longtemps que je n'ai pas fait une grasse matinée bien méritée. Géraldine et les filles nous rejoignent peu de temps après. Nous improvisons des tables de fortune et nous nous installons tous dans la cour durant deux bonnes heures afin de déguster une tasse de ce soleil qu'on appelle café.

Le jeune Filon et la mère ne sont toujours pas de retour, alors nous nous sentons un peu comme chez nous, en nous appropriant cette cour si charmante qui unit ici notre collectif : Géraldine, Vince, Caro Hélène Louise, Dimitar, Sylvain. Le soleil est décidément revenu à la charge depuis deux jours, inondant chaque recoin de la cour par toute sa puissance estivale, pour notre plus grand plaisir. Les uns préfèrent le fuir et s'installer en siestant à l'ombre tandis que les autres jouent les crêpes flambées. Pour ma part, j'alterne entre les deux, ne demeurant jamais bien loin de Géraldine, tandis que je fonds comme un cierge allumé à la simple vue de sa tenue de bronzage. Elle fait partie du groupe des crêpes flambées, allongée le ventre complètement dénudé, son débardeur remonté à l'orée de ses deux proéminences mammaires, jardin d'Eden au seuil interdit. Et, d'un simple claquement de doigts, j'apprécierais que tout le monde disparaisse pour m'avancer vers elle afin de lui dévorer le nombril. Bien sûr, je n'en fais rien, et à la place, ce sont mes ongles que je dévore l'un après l'autre.

Nous en profitons réellement pour faire la connaissance de Dimitar, un chouette gars, resté très discret depuis son arrivée. Dans cette cour, nous le questionnons à tour de rôle sur ses origines, et sur les raisons de sa présence, ici en France. Dimitar a un accent prononcé, cependant, il parle un français presque parfait, voire littéraire.

Ses yeux denses et noirs, ronds, luisent d'une bonhomie inhérente à son personnage. Il inspire confiance, comme il a le visage doux et un regard pétillant. La plupart du temps discret mais néanmoins le faciès de nature très expressive, il n'a pas besoin de beaucoup de mots pour s'exprimer, son visage parlant à sa place, et il sourit presque tout le temps. Il n'est pas gros mais semble avoir une tendance à l'embonpoint, il doit avoir environ vingt-cinq ans. Je me sens rapidement conquis par ce personnage. Il est venu seul, mais on sent qu'il est ravi de pouvoir faire partie d'un groupe. Une conversation animée s'engage et c'est Dimitar qui prend le plus la parole. Il n'a presque pas parlé depuis le début, observateur, mais aujourd'hui, dans la cour, il se dévoile davantage. On dirait qu'après avoir réalisé qu'il peut pleinement nous faire confiance, il rattrape tout le temps perdu. Tout ce qui émane de sa bouche est intéressant, il a le don de tenir son interlocuteur en haleine. Nous attendons la suite de son récit avec impatience. Ne connaissant rien sur son pays, nous sommes tous avides de découvrir ses origines.

- C'est un petit pays de deux millions d'habitants seulement... enclavé entrre la Serrbie au norrd et la Grrèce au sud... l'Albanie à l'ouest et la Bulgarrie à l'est, dit-il en guise d'introduction, d'un ton à la fois serein et nostalgique. La capitale est Skopje... Ça s'écrrit avec un *« j »* mais le *« j »* se prononce *« y (ieu) »* en macédonien... comme votrre *« y »*. La Macédoine faisait parrtie de la Yougoslavie jusqu'à sa chute en 1991... et nous étions sous le rrégime de Tito jusqu'à sa morrt en 1980...

Il doit s'interrompre un instant car nous éclatons tous d'un rire communicatif lorsque, l'imaginant accoutré comme un maréchal, nous nous figurons notre Tito des vendanges à la tête de la Yougoslavie. Dimitar est surpris de cette esclafade soudaine, aussi nous lui expliquons rapidement la situation afin de ne pas le vexer et pour éviter tout quiproquo. Il rit un moment avec nous, avant que je ne lui demande :

- C'était une dictature ?

- Oui et non... Nous ne pouvons pas parrler d'une dictaturre communiste... Tito avait développé son prroprre système socialiste... qui ne s'incrrivait ni dans le bloc de l'Ouest ni dans celui de l'Est à l'époque de la guerrre frroide... C'est ça qui était currieux carr il ne faisait parrtie ni d'un camp ni de l'autre... mais il entrretenait de bonnes rrelations diplomatiques avec tout le monde... c'était une dictaturre carr il n'y avait pas de vote et l'on n'avait pas le drroit de rremettrre le système en question... mais ce n'était pas une dictaturre au sens durr comme en Bulgarrie ou en Rrussie... On était librres de rregarrder tous types de prrogrrammes à la télévision ou encorre d'écouter toutes les musiques... en Bulgarrie... si tu étais un garrçon avec les cheveux longs... la police te les coupait direct carr pourr eux ça voulait dirre que tu voulais rressembler à un Beatles... oui... c'est vrrai c'que j'vous rraconte... en Yougoslavie nous étions librres de voyager... parrtout...

Dimitar vient d'un petit village de deux mille habitants du nom de Démir Kapia, dans la région du Tikves (prononcé Tikvéch.) Cette partie de la Macédoine constitue le vignoble du pays, source principale de revenus des agriculteurs de cette région. Il nous précise également comment les temps sont durs pour les viticulteurs du coin.

- Ça ne se passe pas comme ici... Les cueillettes se font prrincipalement en famille et aussi avec les amis... et tu n'es pas payé pourr ça... et il existe trrès peu de vignerrons... de prroducteurrs de vin... La rrécolte est vendue parr la suite à la coopérrative du Tikves où tout est centrralisé. Mais depuis deux ans... la coopérrative a été rrachetée et prrivatisée parr le détenteurr de Coca-Cola en Macédoine. Le prrix d'achat des grrappes a rremarquablement chuté. Les viticulteurrs ne vendent plus leurr rraisin... ils le donnent. Et les bouteilles mises en rrayon...leurr prrix augmente à vue d'œil... Les viticulteurrs et leurr famille surrvivent... tandis que Monsieur Coca-Cola Macédoine se goinfrre. C'est pourr ça que je suis ici pourr les vendanges et pas là-bas... c'est pourr gagner un salairre corrrect.

Dimitar étudie le français à l'université de Skopje, dès octobre il va entrer en cinquième année. Il est considéré comme un des meilleurs éléments de sa spécialité, par conséquent, pour un an, il a obtenu une petite bourse et un visa français. Mais il n'envisage pas d'effectuer cette année scolaire ici, il compte faire quelques allers-retours et travailler là où il le peut. Son père est chauffeur routier et se rend régulièrement en France, ce qui lui permet de voyager en sa compagnie, gratuitement.

- Vous savez... reprend-il... malgrré notrre niveau de vie trrès modeste en Macédoine... notrre pays est rrempli d'ambiguïtés et de curriosités. Les salairres sont bas... mais chaque membrre d'une famille a une assiette pleine à chaque rrepas. L'univerrsité rreprrésente un coût trrès élevé pourr les parrents... pourrtant prresque tous les enfants font des études supérrieurres. Tout ça grrâce à beaucoup de trravail en dehorrs du marrché officiel... à la débrrouille et la solidarrité. Il n'y a pas de demain en Macédoine...

Les Macédoniens ne crroient pas trrop en l'avenirr... il y a juste hierr parrce que les Macédoniens sont des gens nostalgiques... puis seulement aujourrd'hui... jourr que tu dois affrronter chaque jourr.

Il paraît appréhender la vie avec un optimisme à toute épreuve et il prend la parole avec un sourire permanent.

- Excusez-moi j'espèrre que je ne parrle pas trrop... Les Macédoniens parrlent beaucoup.

Nous le rassurons, c'est pour notre plus grand plaisir. Plus il parle, et plus je suis enivré, et plus des fourmis me taraudent les jambes à l'idée de continuer à voyager, de ne pas rentrer tout de suite après Villefranche. Au plus profond de moi, j'éprouve l'envie de continuer à bouger un peu, de partir à la découverte du monde, des autres.

Vers dix-sept heures, je commence à avoir la bougeotte. Je propose à la compagnie d'aller faire une balade dans l'arrière-pays pour aller explorer un peu les hauteurs du village. Caro et Louise sont peu emballées et elles préfèrent flâner toutes les deux. Alors qu'Hélène, Géraldine, Vince et Dimitar se réjouissent à cette idée.

- J'vais chercher l'matos et on est tis-par !!! s'exclame Vincent en me faisant un clin d'œil.

C'est à ce moment que nous entendons le bruit d'une fermeture éclair qui manifeste de la résistance à s'ouvrir, tandis que Sylvain, de l'intérieur de la tente, baragouine quelques gros mots comme il n'arrive pas à sortir. Nous avons peine à le croire, malgré la chaleur et le boucan qui règnent au domaine, Sylvain est resté enfermé dans sa tente jusqu'à cinq heures, et on l'a oublié le lascar! Il faut dire qu'il a un sixième sens le zigue, et il ne traîne jamais bien loin d'Hélène, qu'il suit à la trace. Alors, lorsqu'il entend qu'une petite marche s'organise et qu'elle est de la partie, il saute à pieds joints sur l'occasion.

- Vous partez où les copains ??!! Attendez-moi !!!! nous demande-t-il.

- On va s'promener mec ! Lave-toi donc les pieds et mets du déo à ton rat... on y va ! lui crié-je.

- Attendez-moi ! J'trace avec vous !

Nous nous préparons rapidement dans le dortoir où il flotte une atmosphère presque fraîche, avant de quitter la ferme tous ensemble, laissant Caro et Louise derrière nous. Nous abandonnons rapidement les routes goudronnées pour emprunter divers chemins escarpés à travers les bois, les plaines et les vignes. Des odeurs de bois sec et de raisin nous emplissent les narines de tout leur arôme. Je soupçonne peu l'existence de toutes ces odeurs de campagne et j'aimerais en remplir des bonbonnes pour les emporter avec moi. Nos respirations se font de plus en plus haletantes, se calquant au rythme de notre petite randonnée, les premiers effets de l'accumulation des clopes commencent à se faire sentir. Ce n'est qu'après trois bons quarts d'heure de grimpée la tête basse que nous sommes largement récompensés de nos efforts. Le chemin sur lequel nous nous trouvons s'élargit pour laisser place à un panorama surplombant les vignes les plus abruptes de la région. Et quelques hameaux viennent s'engouffrer en aval, semés çà et là avec parcimonie. Le souffle presque revenu à la normale, Hélène brise le silence en s'exclamant devant le paysage :
- Putain... Ça a sacrément d'la gueule quand même... Ça valait l'coup d'monter jusque là ! Bonne idée les amis !

Dominant ces terres comme juchés sur le mât d'un bateau-pirate, nous sommes tous d'accord. J'ai déjà lu un certain nombre de descriptions d'endroits féeriques, mais définitivement, les écrits ne remplaceront jamais le vécu. Le paysage s'apparente à une cuvette géante tapissée de vignes de tous les côtés. Et ça doit se transformer en millions de litres de pinard tout ça ! De quoi vous bourrer la gueule jusqu'à votre trépas nom d'un chien !

Et il faut bien un blagueur pour mettre un terme à ce moment très paisible. Un peu en retrait de la vue et à quelques mètres de là se situe une sorte d'abri formé d'un toit de tôles reposant sur quatre poutres, il sert de débarras pour quelques vieux outils rouillés gisant au sol et déposés là depuis plusieurs années, et il abrite quelques ballots de paille.

- Regarde-moi ça Hélène... C't'abri j't'en fais une vraie maison !!! On achète quelques chèvres pour faire du lait... et on peut vivre ici cent ans... Pour sûr ma chérie ! rêve Sylvain. J'te promets l'bonheur en affaires... et puis au lit Bébé !!!
- Arrête de m'appeler Bébé s'te plait !!! lui répond Hélène.
- On fondera une super famille... comme celle de Charles Ingalls ! Et j'te traiterai comme une princesse mon chou... ça j'peux t'l'assurer, affirme Sylvain au pic de sa rêverie théâtrale.
- Arrête de m'appeler mon chou s'te plait ! continue Hélène, tant blasée qu'amusée.

La déclaration de Sylvain déclenche le rire du côté de Géraldine, Vince, Dimitar et moi, même si dans le fond, on trouve ça mignon. Ce qu'on adore chez Sylvain, c'est quand il est comme ça : de bonne humeur. Il s'emballe toujours, paraissant sincèrement convaincu par ses discours plus farfelus les uns que les autres. Il arrive presque à convaincre, grâce à l'entrain et à l'enjouement avec lequel il amène les choses, avec une grande naïveté. C'est un garçon étrange, lunatique et fantasque. Et ce que j'adore par-dessus tout, ce sont les répliques théâtrales dans lesquelles Hélène et Sylvain se lancent involontairement, la façon dont elle s'indigne lorsqu'il lui fait des propositions tarabiscotées, emporté par la fougue de ses seize ans. Quant à elle, c'est une fille simple et adorable, sans fioriture aucune, alors c'est toujours avec beaucoup de courtoisie et un air faussement outré qu'elle réagit. Et comme il en faut un paquet pour réellement la choquer, il en profite.

- Mais t'es un grand malade comme garçon !!! T'es absolument dingue... Faut t'faire soigner... Ça va pas bien dans ta tête ! s'indigne-t-elle sur un ton davantage amusé que scandalisé. T'es vraiment OUF comme type ! On s'connaît depuis quatre jours et tu m'parles comme si j'étais ta femme ! La maison, tu peux y penser si tu veux... mais sans moi à l'intérieur ! Et construis-y une grande salle de bain... comme ça tu y seras tout à ton aise pour te branler !

Hélène sait faire preuve de caractère, son sens de la répartie a le don de m'étonner. Elle est à la fois drôle, crue et directe, sans tabou, mais aussi douce et gentille, ce qui commence à sérieusement me chatouiller.

- Mais tu sais ma chérie, des fois...ça sert à rien de trop s'connaître... Ça fait que compliquer les choses. On est peut-être déjà faits l'un pour l'autre et pis pas besoin d'blabla qui sert à rien ! surenchérit Sylvain. Et Bébé... tu m'donnes une bonne idée... Tu m'donnes la permission d'me branler en pensant à toi ? Oh Bébééé j'en salive dé...

- Bon maint'nant tu t'calmes et tu la fermes ! le coupé-je fermement, finalement agacé.

Le ton inhabituellement dur de ma voix le surprend autant que moi et il s'arrête de parler pour m'observer d'un air interloqué. Du coin de l'œil, je remarque que les autres en font autant.

- À défaut d'en faire une maison, on peut s'poser à l'entrée pour faire une petite pause... et profiter de cette belle vue, non ? suggéré-je avec le sourire cette fois-ci.

Nous nous asseyons et Vincent roule un pétard. Après l'avoir fumé, nous nous écartons les uns des autres de quelques mètres afin de siester et de mieux vaquer à une méditation personnelle. Seules Géraldine et Hélène restent toutes les deux en aval de l'abri, plus proches du panorama, où elles engagent la conversation. Quant à moi, je suis allongé à l'entrée de *« la maisonnette de Sylvain et Hélène »* ce qui me donne une vue d'ensemble.

- C'est pas mal du tout ici, hein ? N'est-ce pas tchio ? Dommage qu'y faut les travailler toute l'année ces putains d'vignes !!! Sinon... comme ça... à contempler... C'est vrai qu'c'est pas mal du tout !

Nul besoin pour moi de tourner la tête pour savoir que le vieux Filon est assis au sol, à mes côtés. Je le regarde, il est vêtu de son costume et de sa casquette du dimanche, se tenant les genoux comme font les mômes. Et il tire sur sa pipe, par petites bouffées saccadées, la fumée s'accumule au dessus de sa tête et forme de petits nuages semblables au panache rejeté par une locomotive miniature.

- *J'ai assisté à un enterrement c'matin... C'était triste... Y avait pas grand monde... Un pauv' type... du bled... sans histoires... qui s'est foutu une balle dans la gueule... bing... emballé... c'est enterré... on en parle plus...* continue-t-il ironique.

- J'ai oublié d'te demander la dernière fois... Pourquoi t'as fait ça vieux ?

- *Tu sais gamin, laisse jamais la routine s'installer dans ta vie... Et pis quand elle s'installera... Parce qu'elle te demandera sur'ment pas ton avis... Et bin chaque jour... essaie un p'tit peu d'la contourner ! Chaque jour... juste un p'tit peu... Tu penseras à moi ! Parce que si tu la laisses prendre ses aises... et pis qu'elle envahit ta maison... T'as pu qu'à faire tes valises... et pis t'casser ! C'est c'que j'ai fais p'tit... en quelque sorte... J'ai pris mes valises... et pis comme j'savais pas trop où aller... et bin j'me suis cassé la tête pour de bon !!! On va où on peut p'tit... On n'a pas toujours le choix...* me confie-t-il pensif, un sourire triste sur le visage, l'air faussement joyeux et continuant à tirer sur sa pipe par automatisme. *Pourquoi j'ai fait ça p'tit ?* reprend-il le regard réfléchissant vers l'horizon. *Tu sais... le suicide... c'est la lâcheté et pis l'courage qui s'rencontrent en duel... comme dans un bon vieux western tchio... Lâcheté d'capituler... pour foutre en l'air sa foutue vie... Courage d'aller au bout d'son geste... En c'qui m'concerne... dans mon bon vieux duel... dans mon western à moi... bin c'est l'courage qu'y a gagné !*

- Ouais... Mais bon... Ça peut aussi marcher dans l'sens inverse ; lâcheté d'aller au bout d'son geste... courage de s'battre sur cette foutue planète !

- *Et p'tit tu permets... Maint'nant qu'c'est fait, bin j'préfère croire en ma version !*

- Ouais, t'as raison... Excuse-moi...

- *La chose la plus douloureuse qui peut t'arriver dans la vie, c'est de devenir invisible gamin... Invisible...comme l'homme invisible... J'l'étais dev'nu pour ma femme... et pis mes gosses... Invisible, ça veut dire que personne ne sait si tu vas bien ou si tu vas pas bien tchio... Tu comprends ça p'tit ? Parce que tout l'monde s'en fout ! Parce que tous les gens autour de toi, y sont bouffés par la routine... Autant qu'toi ! Comme une vérole... et eux-mêmes, y savent p'us bien si y vont bien ou si y vont pas bien non plus ! Parce qu'y s'posent même plus la question... parce qu'y s'posent plus d'questions du tout ! Invisibles... On l'était tous dev'nus... dans cette famille... invisibles ! Des fantômes se déplaçant à côté de fantômes ! Tu comprends mieux p'tit ?* Le vieux Filon est à présent extrêmement mélancolique, un mélange de tristesse et de colère transparaissant sur tous les traits de son visage. *Pour ma femme... et pis mon fils... J'étais une machine ! Machine à couper... Machine à tailler... sans interruption...sans arrêt... Et pis tous les jours de l'année... parce qu'on a un dur métier... Ça tu l'sais maint'nant p'tit ! J'te dis ça mais on était tous des machines ! Ma femme... Mon fils... Pas une vacance... pas un week-end... Et voilà l'résultat tchio... Des machines qui parlent à des machines... Et pis l'humain qui est en nous qui s'fait ronger... Voilà l'histoire de ma vie !*

Après ça, il serait vain d'aborder un autre sujet, alors par respect et compassion, je me tais un moment. Et, lorsque je tourne à nouveau la tête vers lui afin de commenter la beauté du paysage, il n'y a plus personne.

Le soleil commence à épuiser ses derniers rayons lorsque Géraldine émet la juste remarque qu'il faut peut-être penser à rebrousser chemin tant qu'il fait encore jour. Nous nous apprêtons à prendre le chemin en sens inverse lorsque Vincent a la brillante idée de nous faire passer par les vignes pentues afin d'arriver plus vite en bas. Nous coupons à travers champs en marchant prudemment, presque perpendiculaires à la pente, provoquant de mini éboulements qui nous précédent. Et je me demande comment il est possible de vendanger sur un terrain aussi hostile. Après avoir traversé trois des cinq champs qui nous séparent d'une route principale, nous réalisons que l'idée de Vincent n'est pas si brillante que ça. Vu la difficulté de la pente et le redoublement d'efforts entrepris, on ferait mieux d'emprunter le premier chemin en sens inverse. En même temps, cette petite note d'aventure me fait le plus grand bien, je suis bien perturbé et tout en émoi car

Hélène me tient fermement par l'épaule et par la main pour faciliter sa descente. Et aussi minime soit-il, ça fait bien longtemps que je n'ai pas eu un quelconque contact avec une fille. Enfin presque arrivés en bordure de route, Vincent se lance dans un pari téméraire. Têtu, et surtout un peu stone, il cherche à sa manière à nous démontrer que le chemin qu'il a choisi est bien celui le plus court.

- Elle va pas m'faire chier plus longtemps cette putain d'route !!! s'exclame-t-il en hurlant. Quand la difficulté fait barrage, faut aller d'l'avant les amis !!! Faut fonceeerrr !!!

Il ne prend même pas le temps de terminer sa phrase, ou encore d'évaluer un peu le danger, avant de s'élancer droit devant lui en courant. C'est sur une descente à soixante degrés qu'il parcourt une dizaine de mètres avant de perdre l'équilibre, emporté par son élan, et de faire un vol plané digne d'un saut de l'ange, pour terminer sa chute contre un pied de vigne qui casse net sous l'impact, lui écorchant le flanc gauche sur vingt centimètres au moins. Puis il se relève seul, un sourire de défi et la chemise en lambeaux, nous exposant sa blessure de guerre, presque fier de lui, tandis que nous restons bouche-bée, encore sous le coup de la peur qu'il se soit brisé la nuque dans sa chute. Ce n'est que lorsque nous comprenons qu'il y a plus de peur que de mal que Géraldine se met à l'insulter de tous les noms en lui donnant des tapes sur la tête et dans le dos.

- Putain d'merde t'es trop con comme mec !!! Pourquoi y faut toujours que tu fasses des trucs pareils ??? J'ai du mal à t'comprendre parfois !!! Espèce de connard va !!! J'me demande comment on peut être frère et sœur... imbécile !!!

- Bin quoi... J'voulais juste voir c'que ça faisait de prendre la pente tout droit... Rien d'grave p'tite sœur... Juste une petite égratignure... On va la désinfecter ! se justifie-t-il penaud tout en la prenant par l'épaule.

- Rien d'grave ? Je rêve ! T'aurais pu t'tuer espèce de p'tit merdeux ! le sermonne Géraldine encore sous le choc. J'tiens à toi vieille baltringue... Alors faudrait pt'être que t'arrêtes un peu tes conneries... T'es la personne la plus importante dans ma vie...

T'es mon frère et mon pote, ma moitié ! lui confie-t-elle sur un ton solennel.

Il ne dit rien et ému, il l'étreint chaleureusement. En voilà encore un de garçon perché, à qui il manque une case et pour lequel j'éprouve beaucoup d'affection. Une fois nos deux pieds reposés sur un macadam plus adapté, à un quart d'heure du domaine, je ne peux m'empêcher de pouffer toutes les deux minutes en me remémorant le saut de l'ange, ce qui amuse Vincent tout en énervant sa sœur, je me calme donc. J'ai trop envie de reprendre la main d'Hélène, lui prétextant que c'est encore dangereux comme route, et que d'un moment à l'autre, elle pourrait tomber dans un fossé. Mais comme à mon habitude, je n'en fais rien. Sur une route aussi large et plane, j'aurais du mal à être crédible.

SEAU !!!

    Philippe, la quarantaine, en parait au moins cinquante. Il ne connaît qu'une seule chose dans la vie : les vignes. Élaguer, couper, porter, trier, il sait tout faire, faisant de tout ceci sa seule et unique fierté, sa raison de vivre. J'adore les gens passionnés. Seulement, on a vite réalisé que Philippe est un personnage fourbe, et le fayot du patron. À partir de là, plus personne ne peut l'encadrer. Il ne prend pas seulement les vendanges au sérieux, il en est fou. Alors, avec des rigolos comme nous qui, pour lui, travaillons au rythme de Franklin la tortue, ça ne passe pas. Philippe est devenu notre pire ennemi dans les vignes, le porteur maudit qu'il faut à tout prix éviter, et qui passe toutes les cinq minutes, comme collé à nos bottes : « *SEEEAAAUUU !!!* » qu'il gueule sans cesse, comme un vieux vinyle rayé, à longueur de journée. Et il cherche toujours à jouer les plus forts avec sa hotte de soixante kilos chargée sur le dos, en trottinant. Si on peut appeler ça un dos, car Philippe est loin d'être un colosse ; et déjà à moitié bossu à son âge, au fil des années, il se sculpte une colonne vertébrale en forme de boomerang. Et même si trois grappes viennent se battre en duel à l'intérieur de notre récipient, il guette, se glissant subrepticement derrière nos fragiles oreilles en prenant un malin plaisir à hurler, comme une bête enragée : « *SEEEAAAUUU !!!* » Et il a le don d'attiser notre paranoïa et de provoquer de l'électricité statique dans l'air à chaque fois qu'il passe derrière nous. Par conséquent, lorsque c'est lui le porteur, nous vidons tous notre seau avec brutalité, chose que nous n'imaginerions jamais faire avec Robert. Philippe cherche à prouver à tous qu'il est le meilleur porteur de la région, le plus dur, le plus fort, le plus résistant ! Connard ! Et lorsque l'heure de la pause retentit, alors que nous la guettons tous depuis des heures, minute après minute, Philippe s'indigne, jamais très loin du patron, en décrétant qu'elle est inutile et qu'elle casse le rythme de travail.

Connard ! Même Pascal Filon est moins con et beaucoup plus réglo avec nous, respectant les vingt minutes de pause chaque matin et chaque après-midi. Le plus invraisemblable, c'est que Philippe semble avoir une mémoire de poisson rouge. Une fois le soir tombé, au cours du repas, Philippe s'asseye souvent à notre table, et d'un air obséquieux, il tente d'engager la conversation, nous souriant avec ses chicots tous pourris, fourbe, mielleux. Et quand il fait ça, j'ai l'irrésistible envie de lui hurler « *SEEEEEEAAAAAAUUUUUU !!!!!!* » en pleine gueule.

Philippe ne s'est certainement jamais lavé les dents de sa vie, c'est en tout cas ce que laisse supposer le fait que l'équivalent d'une tranche de pâté subsiste sur chacune d'entre elles. Alors, lorsqu'à table, il s'adresse à nous pour parler de vignes, de vignobles, de viticulture, de ses records de malade en tant que porteur, nous qui avons du mal à voir une grappe en peinture après dix-sept heures, c'est dans sa hotte que nous avons tous envie de le lancer la tête la première.

« *SEEEAAAUUU !!!* » Mais quel sot ce Philippe !!!

En début de soirée du samedi, Philippe quitte le domaine, précipitamment. Sur ce coup, on a un peu pitié de lui et on s'en veut, car c'est en partie de notre faute. Je suis avec Vincent, nous nous apprêtons à rejoindre la cave après la douche et le repas du soir. Lorsque nous entendons Robert et Philippe s'engueuler dans notre dortoir. Philippe se plaint de nous, et balance à Robert d'une voix mauvaise que nous sommes des *« fumeurs de drogue ».* Je ne sais pas d'où il tient cette information car nous avons toujours été discrets. Et Philippe ne fait pas la moindre différence entre drogue douce et drogue dure, aussi il n'hésite pas à en rajouter. Robe Love nous aime bien, et nous-mêmes l'apprécions beaucoup. Robert est divorcé et n'a pas vu ses gosses depuis trop longtemps, et j'ai comme l'impression qu'il nous considère un peu comme ses enfants à lui, ses gamins. Le groupe des jeunes, comme il nous appelle. Il ne s'agit jamais de chômer avec lui dans les vignes, mais il sait trouver le juste milieu entre travail et relâche, et c'est un type juste, réglo. Nous écoutons d'une oreille dans le jardin avec Vincent, tandis que dans le dortoir, le ton monte. Robert n'a pas du tout envie d'entendre parler de ça, et il ne croit pas Philippe. Philippe, lui, a pris la décision d'en parler au patron dès le lendemain, il veut nous dénoncer. C'est à ce moment que nous entrons dans le dortoir pour assumer nos responsabilités et essayer de calmer le jeu. Mais tout s'accélère, et il suffit d'un mot de trop pour déclencher la bagarre. Robert pousse fermement Philippe qui, pris au dépourvu, valdingue deux mètres plus loin en se cognant la tête contre un des lits superposés. Malgré la différence d'âge, Philippe ne fait pas le poids, mais tout énervé, il revient à la charge vers Robert. Vincent, Tito, rappliqué en entendant tout ce chahut, et moi, nous mettons en travers afin de les séparer. Philippe insulte Robert :

- C'est ça espèce de connard... tiens avec eux maint'nant !

Tito reste devant Philippe, à le tenir pour le tempérer, Robert sort du dortoir sans rien dire, pour se calmer. Quelques minutes plus tard, Philippe fait son sac, et quitte les lieux comme ça, sans rien dire à personne, sans réclamer son salaire. Nous nous sentons mal d'être à la source de cette injustice avec Vincent, mais en même temps, c'est lui ou nous. Après Fernando, Philippe part lui aussi, et même Tito n'a rien dit ni rien fait pour le retenir, à croire que plus personne ne peut le supporter. Qu'il n'empoche même pas sa paye pour ce qu'il a bossé, c'est ça qui nous donne le plus de peine. Pour le reste, à nouveau on peut respirer dans les vignes, sans sursauter à tout bout de champ. Jamais nous n'évoquerons la scène avec Robe Love et avec Tito, cette histoire sera enterrée, aussi profond que le vieux Filon.

L'arche des paumés

Plus tard, ce même samedi, la fatigue commence à nous écraser les épaules en rejoignant le domaine, après une soirée passée à la cave. Malgré tout ça, à ma grande surprise, Hélène me prend la main pour m'inviter à discuter quelques minutes supplémentaires, pendant que le reste de la compagnie emprunte la porte cochère en bois pour rentrer au bercail. Dans le noir, plus qu'elle et moi, alors que nous continuons de marcher le long de la route principale, déserte comme à son habitude. Même Géraldine et Vincent, que j'ai si peu quittés depuis notre arrivée à Villefranche, s'éclipsent, nous souhaitant une bonne nuit en regardant Hélène d'un sourire entendu, comme si tout le monde était bien au courant de quelque chose que j'ignorais complètement. Nous marchons quelques minutes de plus dans le silence de la nuit noire, avant de nous asseoir l'un à côté de l'autre, à l'entrée d'une ferme dont le portail semble scellé. Sur les marches, une complète pénombre règne à présent. Il fait doux, nous sommes tous les deux vêtus d'un simple t-shirt et je sens le frottement de son avant-bras qui effleure le mien, ainsi que la pointe de ses longs cheveux humides me caressant le biceps droit, comme un rideau d'été. Elle sent bon, et je frissonne. J'ai le cœur qui bat la chamade. Je n'ai aucune idée de ce qu'elle veut me dire, mais au fond, ça ne m'empêche pas d'espérer quelque chose, secrètement. Une vive émotion m'électrifie l'ensemble du corps. Elle me tend une cigarette, en allume une elle aussi. Elle me dit :
- Pourquoi tu parles si peu ? Pourtant t'es plutôt marrant quand tu parles... On dirait qu'y a un truc qui sommeille en toi et qui te fait mal... Quelque chose qui te coupe dans ton élan... J'ai l'impression que tu as plein de choses à dire... mais que tu n'oses pas toujours te lâcher... Pourtant c'est cool quand tu te lâches !
Son introduction me déstabilise, elle vise juste, et me touche en plein cœur. Aussi, je ne sais pas pourquoi, mais son accent

marseillais et sa manière d'articuler distinctement chaque article m'impressionne particulièrement, lui donnant un charme mais surtout une certaine assurance. Fatal, je trouve ça trop beau. Je la regarde et remarque que tout comme moi, elle semble un peu ivre. Je mets du temps avant de prendre la parole, tirant sur ma cigarette à coups de grosses bouffées anxieuses. Mais je réussis à me lancer.

- Tu sais Hélène... avant ces vendanges, j'ai pas fais grand-chose dans ma vie... Depuis mon bac... je stagne et j'ai pratiquement rien fait d'ma vie... J'ai réalisé peu d'choses avant et après ça. Et je sais foutrement pas c'que j'vais faire de ma life... Même si c'est le cas de beaucoup d'jeunes aujourd'hui tu m'diras... et que je ne suis pas plus à plaindre que toi ou qu'un autre. C'est malheureux à dire et à entendre... mais avant d'vous rencontrer, j'avais pas d'potes... même pas un seul ! Et si tu veux... ces vendanges... c'est l'occasion pour moi d'me rendre compte qu'y a d'la vie sur c'te planète ! Y a des gens trop cools... Vous êtes tous trop cools... et ça m'fait du bien... J'ai trop hiberné ces dernières années Hélène... C'est nul de rester cloîtré chez soi... et pourtant je l'ai fait beaucoup trop longtemps. Putain... la vie est belle pourtant... on n'est pas bien là pt'être ? Y a des liens qui se créent entre nous tous... des montées d'sang et des coups d'gueule aussi... comme avec Fernando et puis Philippe ce soir ! Mais la découverte de tout ça... ça s'fait pas sans déchirures intérieures... sans grosse remise en question... J'suis un gars sensible... et des fois j'suis un peu en plein dans l'ouragan. Et si j'prends pas trop la parole c'est parce que j'l'ai jamais prise avant et qu'c'est un long apprentissage... mais ça va venir putain... J'espère !

Nous nous fixons en silence, elle me sourit, attentive. Ses yeux denses et marron me regardent avec tendresse, ils brillent dans la pénombre. L'un comme l'autre, nous cherchons des forces pour soulever nos paupières un peu plus longtemps encore et pour repousser une fatigue tenace, intérieurement ravis et soulagés d'être en repos du dimanche, mais je crois que nous n'avons pas envie de nous quitter cette nuit. À mon tour, je regarde Hélène avec beaucoup d'intensité. Je meurs d'envie de lui manger les lèvres, ses magnifiques lèvres, mais quelque chose me retient, très certainement la peur.

- Et toi... Parle-moi de toi... De tes passions... de tes rêves... de tes craintes... de tes idées fiches cuisine... l'interrogé-je sur un ton blagueur.

Elle rit avant de poser son index sur sa lèvre inférieure, pour simuler la réflexion dans une moue charmante. Elle se prend au jeu et répond avec entrain.

- Alors t'as dis quoi dans l'ordre ? Mes passions... Principalement j'te dirai la danse contemporaine et modern-jazz... et voir mes copines le week-end... Ça aussi faut pas l'oublier... Ensuite c'étaient les rêves ou les craintes ?

- Les rêves...

- Je rêve qu'un jour... tous les enfants de la Terre marchent main dans la main et que le sida en disparaisse pour toujours ! s'exclame-t-elle en parodiant une voix de véritable cruche.

J'éclate de rire, lorsqu'elle se lève tout en mimant un microphone dans la pénombre et en continuant à jouer la comédie. Elle se met à chanter, les yeux fermés.

- *Heal the world.. .make it a better place... for you and for me and the entire human race... there are people dying... if you care enough for the living... make a better place for you and for me..*[4].

J'ai du mal à y croire et je ne peux pas m'arrêter de rire. Elle s'avance lentement vers moi, l'intensité de sa voix allant decrescendo... *for you and for meee...* Sa bouche arrive à la hauteur de la mienne tandis qu'elle me caresse doucement la nuque en me murmurant... *you and for meee...* Nos lèvres se frôlent. Hélène domine la situation et s'impose comme le maître incontesté de ce moment aussi exquis qu'effrayant... *you and for meee...* Je respire son haleine chaude et sucrée et nous restons quelques secondes ainsi...*you and for meee...* C'est agréable, envoûtant, très excitant. Je me souviendrai toujours de ces quelques secondes précédant notre premier baiser. Puis, nous nous dévorons les lèvres, nous laissant aller à échanger nos langues,

---

[4] Heal the world, Mickael Jackson

s'embrasser, se mordiller, se titiller. Le programme est vaste et bon, inlassablement, et nous continuons pendant plusieurs minutes.

Lèvre supérieure, lèvre inférieure, mordillement, baiser fougueux, retour au calme, petit smack, baiser sur le nez baiser sur les yeux baiser sur la bouche, puis langue qui se balade dans le cou, lèvres qui se caressent, douceur, puis à nouveau baiser fougueux, je me recule afin que tu me manges, et vice-versa, puis à nouveau retour au calme, puis à nouveau baiser fougueux…nos têtes chavirent. Vraie période de pause, Hélène soupire, pose sa tête sur mon épaule et m'enlace fort entre ses bras. Je sens sa poitrine sur mon torse, j'en devine le volume, je suis ému, j'essaie de contrôler et de masquer un début d'érection, tout au moins de la dissimuler, en vain, je ne peux rien y faire. Silence, contemplation. J'ai tout le corps qui sourit, enfin.

Nous reprenons notre conversation sur un ton apaisé. Hélène se sent aussi paumée que moi au sujet de sa vie future. De plus en plus, je réalise que ça ne sert à rien d'angoisser car nous sommes vraiment tous à l'intérieur du même navire, à bord de l'arche des paumés. Elle est en deuxième année de médiation culturelle à la fac de Marseille, mais elle ne sait pas très bien vers où se diriger ensuite. Hélène apprécie beaucoup de vivre à Marseille, elle semble être aussi une contemplative, elle adore flâner. Je lui évoque la ville de Beuvrages, le glamour et mythique panorama du haut de mon immeuble, la cornée vitreuse des alcooliques et Ella Fitzgerald qui chante des berceuses aux toxs qui trippent dans les cages d'escaliers, ça la fait rire.

- Sinon j'ai oublié pour mes idées fiches cuisine… Maïté farcie aux amandes ! plaisante-t-elle dans un dernier élan d'humour, s'endormant à moitié sur mon épaule tandis que je fume une dernière cigarette.

Je n'ai aucune envie de voir ce moment toucher à sa fin, mais pour l'un comme pour l'autre, il faut au moins dormir quelques heures. Même si j'en rêve, je n'ose pas l'inviter à dormir avec moi, juste dormir, c'est tout. Les filles se méfient toujours de ce genre

de propositions, à juste titre. Nous empruntons le chemin des dortoirs. Au moment où je la prends dans mes bras afin de lui souhaiter une bonne nuit, elle me susurre à l'oreille :
- J'ai envie de dormir avec toi… serrée tout contre toi…

Tout ça n'est qu'un rêve, ce n'est pas possible. Bientôt, je vais me réveiller en découvrant une belle et grande carte de France solidement accrochée et séchée sur mon caleçon dur comme du bois, totalement frustré de réaliser que tout ça n'était qu'une putain de chimère. En tout cas, tant qu'il dure ce rêve, autant en profiter sans trop se poser de questions. J'acquiesce, lui suggérant que nous dormions dans le dortoir des garçons, où il n'y a que Dimitar et puis Vincent, qui resteront discrets. Nous nous jetons sur le lit le plus proche. Nous restons habillés et à l'aide de son pouce, elle me caresse doucement le bas du ventre. Je fais de même en remontant de son ventre jusqu'à l'orée de sa poitrine du bout de mon index, tout en lui embrassant la joue, les lèvres, l'oreille, le cou. De ma main, j'effleure un de ses seins, délicatement, comme une fleur fragile, sans lui retirer son soutif, frontière de peau et de satin, et je continue de lui caresser le ventre à l'aide de la main gauche. Ses seins sont pleins et fermes, et je m'efforce de tout faire pour contrôler mon tremblement, comme un ado prématurément atteint de parkinson. Enfin, nous nous blottissons l'un contre l'autre. Hélène s'endort en une fraction de seconde, reposant sa tête sur mon épaule, et la main posée sur mon ventre. Quant à moi, je savoure encore ces quelques minutes de bonheur, dans le noir, les yeux scotchés au plafond et le sourire figé. Je ferme les yeux, serein.

La route des possibles

Ce premier dimanche, vers midi, à nouveau d'aplomb après une nuit réparatrice, en excellente compagnie, j'ai pour mission d'aller chercher des baguettes au centre du village. Les premiers levés ont tout dévoré et nous nous faisons chambrer par Robert, Henri et Tito, qui eux sont levés depuis bien longtemps. Je chemine sur la route du village, il fait très bon mais un peu plus venteux, et je suis bien, reposé. Ce dimanche constitue notre dernier jour de repos avant d'attaquer une méchante semaine du lundi au samedi suivant sans interruption, ça va être du lourd, encore. Mais en tout, dix jours pleins travaillés me permettront d'en tirer environ cinq-cent cinquante euros. De quoi largement rembourser ma sœur Samia pour le train, et pour le reste, je verrais. Dans tous les cas, j'ai la ferme intention de ne pas rentrer tout de suite à Beuvrages.

Je tourne la tête, et aperçois le vieux Filon qui marche tout près de moi, à mes côtés, en tenue de travail.
- *Et toi p'tit... Qu'est-ce que tu comptes faire maint'nant ?* me demande-t-il sur un ton amical cette fois-ci.
Lui aussi semble reposé, il a les traits plus sereins.
- J'sais pas exactement... Mais tout c'que je sais, c'est que je vais enfin me lancer sur la belle et longue route des possibles... lui répondé-je de bonne humeur. J'vais d'abord me faire plaisir et découvrir un peu ce qui s'passe ailleurs. Ensuite j'verrai bien. Pourquoi pas demander à Dimitar si son père pourrait peut-être m'emmener un p'tit bout d'chemin... Vers l'Est... Pourquoi pas jusqu'en république de Macédoine... Il a l'air trop sympa Dimitar... Et ça a l'air bien intéressant l'Est... Pourquoi pas recharger encore un peu les caisses en essayant de trouver un boulot d'plongeur ou de serveur à Lyon en logeant en auberge de jeunesse... et d'passer un peu plus de temps avec Géraldine et

Vincent... Pourquoi pas avec Hélène à Marseille... Pourquoi pas trouver un autre plan cueillettes dans une autre région de France ou en Europe ? Tout est possible vieux... et c'est ça qui est génial ? Après avoir baroudé un peu parce que j'en ai besoin... Bin j'reprendrai bien une formation ou des études dans quelque chose... J'sais pas moi dans l'social pourquoi pas ? Ou dans la menuiserie... Pourquoi pas non plus ? J'suis pas con... J'vais arrêter d'me plaindre vieux... et pis j'prendrai le taureau par les cornes... J'présente plutôt bien... J'sais à peu près parler... J'suis bien élevé... J'ai toute la vie d'vant moi... J'vais essayer d'construire un présent à mon goût... et puis essayer d'bâtir un peu ma vie... Mon avenir... y faut qu'j'me bouge... à quarante ans y s'ra trop tard... Et j'ai pas envie d'finir comme un poivrot dépressif... accoudé dans un vieux bistrot... comme Michel... Les bonnes choses ne vont pas m'arriver toutes cuites... Alors y faut qu'je les provoque ! Voilà c'que j'ferai Papé... On peut foutrement pas savoir c'qu'y va s'passer sur la route des possibles... Mais c'est ça qui est bon ! Et pourtant ça va s'passer ! C'est jouissif vieux c'qui m'arrive ! Jouissif !

*- En tout cas j'te souhaite beaucoup d'bonheur gamin... Ça vaut la peine de s'battre... T'es un bon gamin... Tu l'mérites...*me confie-t-il en souriant, d'un air paisible, en me donnant une tape amicale sur l'épaule. *Au revoir p'tit !*

Sur la route du retour, les bras chargés de baguettes, je m'arrête aux portes du domaine tandis qu'il continue droit devant lui, baguenaudant d'un pas tranquille, les mains fourrées dans ses poches. Je le fixe quelques secondes de plus, tandis qu'il s'éloigne peu à peu sans même se retourner, puis je me remets en marche pour rejoindre les autres.

Je prends une douche, ce qui me remet la tête en place, gros rubik's cube aux six faces de couleurs identiques. Je meurs d'envie de passer un peu de temps seul avec Hélène. Seulement, je ne veux pas la brusquer en jouant les gros collants lourdauds et agressifs. J'imagine qu'elle préférera que nous restions en groupe ce dimanche. Mais, à croire qu'elle lit dans mes pensées, après un copieux petit-déjeuner partagé tous ensemble, à nouveau elle me propose une balade. J'accepte avec une joie contenue, et nous prenons discrètement la fuite de la cuisine. Mais Sylvain a bien repéré notre manège et il nous siffle gentiment lorsque nous quittons la cour, ne manquant pas de faire des commentaires d'ado, à la fois jaloux et moqueur.

- Ça va ? On s'fait plaisir les jeunes ? On perd pas son temps ? Vous savez comment faire ou vous avez besoin d'mon aide ?

- Y va s'calmer ce p'tit con... dis-je discrètement à Hélène... Y va nous faire capter en moins d'deux !

- En même temps on s'en fout, non ? me répond Hélène, détendue.

Nous disparaissons sans répondre à ces sympathiques provocations.

En guise de petit jeu, nous imaginons quelques scénarii sans queue ni tête, qui pourraient arriver à Hélène ou à moi au cours de ces prochains mois. C'est elle qui débute :

- Tu arrives en république de Macédoine avec Dimitar... Dépaysé et un peu stressé, tu cherches désespérément un tabac ou l'équivalent pour te craquer un paquet de clopes en une heure...malheureusement il te manque cinquante centimes et tu n'parles pas un mot d'la langue ! Tu décides alors de calmer un peu tes nerfs en achetant un billet local de tombola... Genre millionnaire... T'as assez pour ça. Tu gagnes le pactole ! En moins d'une demi-heure tu as toutes les caméras nationales qui se ruent sur toi et puis tu passes à la télé ! Bien sûr maint'nant tu as de quoi t'acheter ton paquet de cigarettes... et devant les journalistes... qui... d'une manière sous-titrée... retransmettent ton témoignage en macédonien à la télé bien sûr... tu balances ému : avec tout cet argent, j'vais pouvoir enfin financer des orphelinats... Aider les plus démunis, construire des maisons correctes à la place des bidonvilles... Non j'déconne... En fait, j'vais tout garder pour moi !

Je ris de bon cœur car je trouve Hélène vraiment bien barrée... Elle a un humour noir, imaginatif et particulièrement décapant.

Nous nous amusons ainsi depuis un moment, lorsqu'Hélène me prend par la main pour m'inviter à m'engouffrer avec elle dans les nombreuses vignes touffues qui bordent inlassablement les routes. Nous marchons environ cinq cents mètres, à l'abri complet des regards, dans le but de trouver un coin plus tranquille. Nous nous asseyons à l'ombre de deux rangées de vignes assez hautes et massives. À part quelques mulots, insectes et petites mouches de fin d'été, personne ne peut nous trouver ici, nous sommes seuls au monde ! La terre est bien sèche, mais je dépose ma veste à capuche au sol pour faire office de tapis afin de nous mettre davantage à l'aise. Tracée au sol, une flèche rouge pointe fièrement vers notre endroit : *« Vous êtes ici, souriez, c'est l'paradis ! »* Nous nous embrassons avec fougue et nous retrouvons vite en position allongée. La pression monte comme nos quatre mains timides mais audacieuses se baladent avec aisance sur nos deux corps de jeunes adultes conquis. De même que la veille, je tremble légèrement en essayant de me contrôler, mais fous donc le camp sale connard de Parkinson, t'as rien à foutre ici ! Elle le sent probablement, et elle me rassure d'une voix douce, en me caressant les cheveux, comme un soupir émanant tout droit de la bouche d'une chanteuse de jazz.

- Détends-toi Walid… Reste zen…

Hélène a de vrais talents de magicienne. C'est une fille simple, directe, elle ne parait absolument pas être sujette aux petites psychoses quotidiennes dont je détiens le secret, ou alors elle cache bien son jeu. Elle croque la vie à pleines dents, tout ce dont j'ai besoin : un bel élan de spontanéité. Suivant ses conseils à la lettre, je me relaxe et lui caresse le bas du ventre, avant de lui déboutonner le jean, doucement, sans me presser, ce qui ne semble pas la choquer. Je me délecte de cette pression qui monte à pas de géants, aussi effrayante que sublime. Ma main franchit la frontière tant convoitée en dépassant le bas de son ventre. Mes doigts frôlent son sexe qui est déjà humide. En dessous de son pull, je parcours le haut de son corps du bout de ma langue érigée. Langue érigée, tendre baiser, langue érigée, tendre baiser, je veux prendre tout mon temps, comme je crée des chemins hasardeux et des circonvolutions humides le long de sa peau fruitée et délicieuse. Et je gagne peu à peu en confiance tandis que je sens le rythme de sa respiration s'accélérer, au fur et à mesure que le plaisir s'intensifie. Je l'embrasse doucement sur la bouche, dans le cou, sur la bouche, dans le cou, laissant ma main là où elle est, et je lui mordille délicatement l'oreille gauche tout en lui masturbant le clitoris, et elle mouille de plus en plus. Tous les deux nous avons le souffle haletant. Elle a une haleine fraîche et sucrée, quant à moi, j'ai bien bouffé un kilo de frisks que je me suis procuré au village en même temps que les baguettes deux heures auparavant, à m'en bâtir une espèce d'igloo à la place de l'estomac. Entendre sa respiration précipitée lorsqu'elle m'embrasse dans le cou ou au bord de l'oreille m'excite à en frôler l'état de transe. Son pull complètement retroussé, je mets une main sous son soutif, sans le dégrafer je découvre un de ses tétons érigés, sans cesser de l'embrasser sur toutes les parties de son visage, intensément. Son sexe est très humide. En ce qui me concerne, je suis saisi d'une divine érection et j'ai l'impression qu'un piston de locomotive fait un millier d'allers-retours par minute en me fouettant le sexe, partant du bas de mon ventre jusqu'au bout de mon pénis. Heureusement que je suis un gros branleur et que je pratique la masturbation avec régularité, ce qui me permet de calmer un peu la machine afin d'éviter l'accident, qui restera toujours d'une grande gravité pour un homme. Nous faisons l'amour Hélène et moi, tendrement, intensément. Et je me sens heureux, plus heureux que je ne l'ai jamais été auparavant ; pour ce moment précis, mais aussi pour tout ce joyeux bordel que je vis depuis quelques jours, ce puzzle encore désordonné que constitue cette première expérience des vendanges ! Heureux d'être au milieu de ces vignes avec Hélène. Heureux en pensant à la suite des évènements, à la longue et périlleuse route des possibles qui m'attend après tout ça, aussi belle que riche, chaotique et hasardeuse. C'est la première fois de ma vie que je suis aussi positif, alors j'aimerai hurler. J'ai envie de foutre du bonheur plein les poches des malheureux, comme une pluie de confettis ramassés au sol après un défilé de majorettes, à Beuvrages, de « *la rue des pauvres* », jusqu'à « *l'impasse des oubliés.* »

Espoir

Dernière soirée de répit avant le feu pour une nouvelle semaine de vendanges. Comme à l'accoutumée, je suis en train de cloper dans la cour, nourrissant ici mon cancer à gros coups d'insouciance juvénile. Fatigué et le dos amoché, assis par terre, j'essaye de faire épouser à mon dos la forme du mur de la cour contre lequel je m'appuie, afin de m'étirer et de me masser. Chaque jour, j'ai l'impression d'épuiser mes dernières ressources physiques, réalisant en même temps que le corps humain est tout de même bien fait pour résister. Malgré tout, ce soir, mon moral est au beau fixe. Dimitar fait une apparition dans la cour, fraîchement sorti de la douche, les cheveux très noirs, denses et encore humides. Je suis comme hypnotisé et intimidé par ce jovial inconnu, je l'aime bien. Il est comme l'incarnation d'un long et mystérieux voyage pour moi, une sorte de mythe exotique d'un territoire que je ne connais absolument pas et qui pourtant m'attire. Il s'assoie à mes côtés. Au début, nous restons silencieux quelques secondes, puis nous nous regardons en souriant. Je lui offre une cigarette qu'il accepte volontiers. La cour est calme, tandis que le crépuscule nous offre ici une série de dernières braises qui nous dévoilent des couleurs à la fois bariolées et timides.

- Tu sais… Ça me fait du bien de parrler… commence-t-il à se confier, sincère. Avant d'arrriver ici… une semaine entièrre je suis rresté dans une sale équipe… Pourr ça non, je parrlais pas du tout là-bas… Des connarrds… une mauvaise équipe… rraciste… Mais ici je suis bien… ça fait du bien... me dit-il d'un ton à la fois grave et pensif. Pourr dirre toute la vérrité, c'est plutôt mes collègues qui ne m'adrressaient jamais la parrole… Ils pensaient peut-être que j'étais un voleurr… Je sais pas… Ils se moquaient tous de mon accent en m'imitant ces grros cons… Le rracisme existe parrtout… Même en Macédoine aussi il y en a… Entrre les Macédoniens et puis les Albanais…

En tout cas, avec nous, il a vite retrouvé le sourire.

- Putain... Ça faisait prresque deux semaines que je n'avais pas parrlé... Alorrs tu comprrends... Ça fait plaisirr... Ça me tourrnerrait prresque la tête... En plus je suis quelqu'un de trrès bavarrd en Macédoine... Les Macédoniens parrlent beaucoup de toute façon...

- T'inquiètes mec... Moi j'suis pas quelqu'un de très loquace de toute façon, et puis j'adore tes histoires... J'suis en soif d'apprendre des autres... Alors vas-y lâches-toi y a pas d'soucis...

Dimitar conclue continuellement ses phrases par une pointe de réflexion, tel un jeune philosophe en quête de questionnement, c'est à la fois beau et amusant, et ça me plait.

- La France terre d'accueil ! observé-je ironique... Ça dépend pour qui ! Pays des droits de l'Homme et du citoyen... Vaste putain d'blague... Mais bon, on va arrêter d'se plaindre Dim... C'est à nous ici ce soir et demain d'refaire le monde... de refaire la France.... Regarde déjà rien qu'à deux ce soir... Y a d'l'espoir non ?

Nous demeurons pensifs. Juste un moment.

ZA MOJATA LJUBOV.
ZA DAPHNÉ I YANA.

Pour Jean et Marie-Madeleine.

C'est très chaleureusement que je tiens à remercier pour leur précieux soutien : Nicolas et Valéry Coquant, Jessy Cormont, Lucie Eple, Patrick François, Olivier Gabriels, Badis Ghalleb, Mathilde Lavenne, Roman Perrusset, Fikret Ufuksen, Vincent Valdelièvre.

Toute mon amitié et ma tendresse pour la NEW Acoustic Blues, Folk, Rock Alter and Vintage GENERATION ; plus vivante et créative que jamais, et qui aura tant nourrit chaque page de ce premier roman au cours de sa réalisation, il lui est définitivement dédié.

En hommage à Larry Brown (1951-2004), écrivain américain appartenant au mouvement littéraire que l'on nomme « White Trash Génération. »

C'est en fermant son roman, « 92 jours », que subjugué par tant de sincérité, je me suis assis, pour me mettre à écrire.

Sommaire

Un T4 à l'étroit 3
Je fais un rêve 31
Pensées.. 35
Tunisie 45
Trace Walid, trace ! 51
Du Nord au Sud 75
L'âme en peine 95
Kitchen Soul 101
La cave 109
Bons à rien 119
Fernando 131
Fantasme 143
Dimitar.. 147
SEAU !!! 161
L'arche des paumés 165
La route des possibles 171
Espoir.. 177
Sommaire 183

Editions SAINT MARTIN
32, place de la Liberté
59100 Roubaix
France

www.aventure-litteraire.fr

Achevé d'imprimer le 16/10/2014
chez Sobook à Roubaix (59), France.

Tous droits de reproduction, d'adaptation et de traduction, intégrale ou partielle réservés pour tous pays.

ISBN papier : 978-2-916766-64-5
ISBN Ebook : 978-2-916766-65-2

Dépôt légal initial : octobre 2014